三《み》田《た》仁《じん》
田舎で農業を営む男。
セラフィム
異世界から
やってきた女騎士。

ソース
カツ

——夏と女騎士

――トマト収穫
大場海斗《おおばかいと》
仁の幼馴染。
駄菓子屋を経営。
大場夏帆《おおばかほ》
海斗の妹。都内の大学へ
通学している大学生。

田んぼで拾った
女騎士、
田舎で
俺の嫁だと
思われている
錬金王
illust. 柴乃櫂人

CONTENTS

1話 田んぼで女騎士を拾った 7
2話 女騎士(設定)? 18
3話 異世界からやってきた女騎士 27
4話 女騎士と始める同居生活 35
5話 長ナスの収穫 44
6話 長ナスとツナのトマトペンネ 54
7話 長ナスの出荷作業 65
8話 セラムが俺の嫁? 74
9話 もしかして、ノーブラ? 87
10話 女騎士とショッピングモール 96
11話 衣服の買い物 103
12話 試着 111
13話 フードコート 121
14話 食料品売り場 133
15話 ビッグフロッグ? 142
16話 駄菓子屋 149
17話 女騎士とラムネ 157
18話 お中元 166
19話 竹斬り 175
20話 流し素麺 183
21話 トマトの収穫 194
22話 農協 205
23話 スーパーで買い物 212
24話 洋風夕食 220
25話 私有地 228
26話 イタリア風ひやむぎ 238

1話 田んぼで女騎士を拾った

朝早くに家を出たが、外はうだるような熱気によって支配されていた。

家から少し歩いただけだというのに、既に額や背中からはじんわりと汗が浮かんでいる。

「くそ、今日も暑いな」

今すぐにUターンして帰りたくなるが、畑には愛《いと》しの作物たちが待っている。

脱サラし、ド田舎の地元で農家をはじめて四年。ようやく生活も安定してきた。

ここで怠けて大事な作物を台無しにするわけにもいかない。

気合いを入れて自らの畑を確認。

すると、俺の田んぼで銀色の何かが光っているのが見えた。

「……なんだ？」

青々とした稲、張り巡らされた水、タニシや虫などの小さな生き物、それを狙うツバメ、サギなどがいるのは当たり前だが、銀色の物体がそこに君臨することはあり得ない。

だとしたら考えられるのは、誰かが俺の田んぼに不法投棄をしたことだ。

「ったく、誰だよ！　俺の田んぼにゴミを捨てたのは！」

ただでさえ暑くてむしゃくしゃしてるというのに、不法投棄だなんてやってられない。

思わず悪態をつきながらゴミの正体を確かめると、そこにあったのはゴミではなく人だった。

金色の長い髪に、真っ白な肌。身体《からだ》には西洋の甲冑《かっちゅう》を纏《まと》っており、腰には剣らしきものを佩《は》いている。

こういう格好をしている女性のことを確か女騎士と呼ぶのだったか。

「って、なんで女騎士が俺の田んぼに倒れているんだ!?」

よく覗《のぞ》き込《こ》んでみると、恐ろしいほどに整った顔をしている。髪の色や顔立ちからして明らかに日本人ではない。

外国人のコスプレイヤーとかだろうか。

都内にあるオタクの祭典や、そういった場であれば、いてもまったく違和感はないが、ここは生憎《あいにく》とド田舎だ。総人口が三万にも満たない小さな町であり、物珍しい観光名所があるわけでもない。どう考えても外国人がやってくるような場所ではない。ましてやコスプレを好む若い女性が来るはずがない。

考えられるとしたら、アニメや漫画の聖地だが、そういった噂《うわさ》は聞いたことがない。

あったら町内会の爺《じじい》共が躍起になって宣伝しようとするはずだからな。

とにかく、人が倒れている以上起こさないとな。

このような炎天下でずっと倒れていたら、熱中症になってしまう可能性が高い。

「お、おい。起きろ」

「ん、んんっ……」

すっかり水浸しになっている女騎士の身体を揺すって声をかけると、無事に意識を取り戻したようだ。

閉じられていた瞳が開かれ、エメラルドの瞳が露《あら》わになる。

しばらく、ぼんやりとしていた女騎士だが、俺を見るなり叫んだ。

「誰だ！　お前は！」

「いや、それはこっちの台詞《せりふ》だろ。人ん家《ち》の田んぼでなにしてるんだよ」

人の田んぼで倒れていたのは、そっちの方なのにどうして不審者を見るような視線を向けられなければいけないんだ。納得がいかない。

「た、田んぼ？」

「そうだ。ここは俺の田んぼだ」

純然たる事実を告げると、女騎士は慌てたように周囲を見渡した。

そして、何故《なぜ》か呆然《ぼうぜん》としたような表情をしている。

自分の意思でここにやってきたんじゃないのだろうか？　まるで、知らない土地にでも放り込まれたかのような間抜けな顔だ。

気にはなるが、あんまり関わり合いになると面倒だな。

「なにしにこんな田舎にやってきたのかは知らないが、人の田んぼに勝手に入るな。遊ぶなら他所で遊んでくれ」

「ま、待ってくれ！」

「おい！　そんなビショビショの泥まみれな手で服を掴《つか》むな！」

「ここはどこなんだ？　知っていたら教えてほしい」

俺が抗議するも女騎士は無視して尋ねてくる。

ああ、俺の作業着がビショビショのドロドロだ。

「はあ？　寝ぼけてるのか？」

「すまない。真面目に答えてほしい」

あまりにふざけた質問に訝《いぶか》しむが、女騎士の顔は真剣だった。

その必死さに負けた俺は、バカバカしく思いながら当然の返答をする。

「日本だ」

「に、にほん？　聞いたことのない国名だ」

……観光に来たのに何故聞いたことがないんだ。おかしいだろ。

「君、名前は？」

「ラフォリア王国に仕える騎士家が長女、セラフィム・シュタッテフェルトだ」

なんだか普段聞くことのないキーワードが一気に出てきた。胸やけしそうだ。

「ラフォリア王国？　そんな国名聞いたことがないぞ？」

「なっ！　そんなバカな！　ラフォリア王国は大国だ！　農民であろうと大人ならば誰でも知っているはずだ！」

いや、知らんのだが……。

「ああ、わかった。アニメの女騎士キャラになりきっているんだな？　剣や甲冑も随分と作り込まれているし、かなり設定を大事にしてるんだな」

「……あにめ？　よくわからないが侮辱されていることだけはわかるぞ。おのれ、騎士をバカにするとは。たとえ、庇護《ひご》の対象である農民であろうと許さ——」

鞘《さや》に手をかけて立ち上がった女騎士だが、くらりと身体が横に倒れた。

バッシャーンと田んぼの水が飛び散る。

「おいおい、大丈夫か？」

「す、すまない。ここのところ寝ていなくて、意識が限界——」

セラフィムと名乗った女騎士は、弱々しい言葉を呟《つぶや》くと意識を失った。

身体を揺すってみるが起きることはない。

「……ったく、しょうがないな」

不審な外国人だが、炎天下の中で倒れているのを放っておくわけにはいかない。

俺は仕方なく、意識の失ったセラフィムを田んぼから引き上げる。

「うぐぐ、重いな！」

人は意識がなくなると重くなると聞いたことがあるが、その通りだった。

それに加えて身に纏っている甲冑やら、水分を含んだ服やらが重なっている。

農家で鍛える前のサラリーマン時代だったら、引き上げるのも難しかったかもしれない。

とりあえず、女騎士を背追って歩き出す。

こうして俺は田んぼで女騎士を拾ったのだった。

●

「んん？　ここは？」

家にたどり着くと、背負われていた女騎士が目を覚ました。

「俺の家だ。よくわからんが、またすぐに倒れられると困る。少し休んでいけ」

「助かる」

男の家に若い女性を連れ込むのは気が引けたが、具合の悪い相手にはそうも言っていられない状況だ。

セラフィムもそれがわかっているからか特に文句は言ってこなかった。

「随分と立派な家だな。本当にあなたは農民なのか？」

玄関に入ると、セラフィムが驚いたように言う。

日本家屋に入るのは初めてなのだろうか。

「一人暮らしにしては広い家だが、田舎じゃ土地も家も余ってるからな。どこの家もこんなもんだろ」

「そ、そういうものか……？」

「疲れているところ悪いが、元気があるなら自分で歩いてもらっていいか？」

「あ、ああ。それくらいなら大丈夫だ」

セラフィムを負《お》ぶったままでは何をするにしろ困る。

意識が戻ったようなので、とりあえず背中から下りてもらうことにする。

すると、女騎士はそのまま土足で玄関に上がった。

「あー、うちは土足厳禁だ。とりあえず、汚れている鎧《よろい》と靴下は脱いでくれ」

「わ、わかった」

指摘すると、女騎士は靴や靴下を脱ぎ、鎧も外していく。

鎧の下は随分と簡素な服だ。

この辺りでも見慣れない衣服だが、故郷かどこかの素材なのだろうか。

「軽く飯でも食わせて寝かせてやりたいところだが、さすがにそのままでは部屋に入れるわけにはいかないな」

田んぼで二度ほど倒れたので、セラフィムの身体は泥まみれだ。このまま歩き回られたら家中が泥だらけになってしまう。

「とりあえず、先に風呂に入れ」

「風呂!?　この家には風呂があるのか!?」

「あるぞ」

やたらと驚いているセラフィムを案内して脱衣所に入り、その奥にある浴場へと入る。

田舎の風呂と言われると五右衛門風呂《ごえもんぶろ》を思い浮かべる人もいるかもしれないが、さすがにそこまで風情のある風呂が残っている場所は少ない。

ごく一般的な浴場だ。ただ田舎なので土地が広いせいか、やたらと浴場も広い。

他に変わった点があるとすれば、内装をリフォームして自然素材っぽくなっていることか。

「……農民の家に風呂がある」

セラフィムは呆然とした顔で湯船を見つめている。

いや、確かに農民だけど、そこまで貧しい人じゃないからね？　セラフィムの中での農民像が非常に気になるところだ。

「とりあえず、お湯を入れるからな」

給湯器を操作して、湯船にお湯を入れる。

「なっ！　急にお湯が沸き出したぞ！　まさか、壁に張り付いているこれは水の魔道具なのか⁉　農民が持っているなどあり得ん！」

「いや、ただの給湯器だから」

湧き出すお湯を見て、女騎士がまたしても驚く。

「む？　これはなんだ？」

「あっ、バカっ！」

止めようとした時には既に遅かった。女騎士がシャワーレバーを倒したことにより、俺とセラフィムへと水が降り注いだ。

「うわあああっつ！　み、水がっ！」

「シャワーのレバーを押せば水が出るのは当たり前だろ！」

当然の突っ込みをしながらレバーを元の位置に戻す。

「す、すまない。見たことがないものばかりでわからないんだ」

軽く怒るとセラフィムは申し訳なさそうな顔をして俯《うつむ》いた。

どうやら悪気があるわけではないらしい。

「……わからないものは触るな。触る前に聞け」

「ああ、そうする」

さすがに外国人だとしてもお風呂くらい家にあるだろうし、給湯器やシャワーくらい知っているはずだ。それなのにまるで家にあるお風呂や給湯器をはじめて見たかのような反応をするセラフィムが気になった。こいつはどうやって今まで生きてきたんだろう。

「……風呂の使い方はわかるか？」

「申し訳ないが教えてもらえると助かる」

念のために言ったが、まさか本当に教えを請われるとは。

とりあえず、俺は我が家での風呂の入り方やシャワーの使い方、シャンプー、ボディソープなどの説明をする。

そうこうしている内に時間が経過し、給湯器がお湯張りの完了を知らせる音を奏でた。

ビクリと身体を震わせるセラフィム。

「お風呂が沸いたみたいだな。セラフィムさん、着替えは持っているのか？」

「セラムでいい。それと着替えは持っていない。できれば、貸していただけるとありがたい」

「わかった。着替えやタオルを用意しておくから、風呂に入っていてくれ」

「ああ、わかった」

脱衣所の扉から顔を出して俺の様子を窺《うかが》うセラムの視線には気付かないフリをし、着替えを探しに行った。

2話 女騎士（設定）？

女騎士セラムが風呂に入っている間、俺は濡《ぬ》れてしまった服を着替え、クローゼットの前で悩んでいた。

「うーん、何をもっていけばいいんだ？」

三田仁《みたじん》。二十九歳の一人暮らし。家に住んでいるのは俺一人。こちらに住んでからは人付き合いは最低限だったので恋人もいない。

そんなわけで当然家に女性が着るような服があるはずもなく、俺が着るような男ものばかりだ。

仮にもお客人であるセラムに適当な服を着せるわけにもいかない。

新品の服を渡そうにも、セラムの身体は俺よりも少し小さいのでブカブカになってしまうだろう。

一回り小さくて動きやすい服はないものか。

そう思ってクローゼットを漁《あさ》って出てきたのは赤のジャージだった。小中高一貫となっているこの地域の学校支給のジャージだ。

これといったオシャレなデザインではないが、これなら動きやすいだろうし、セラムの身体にもピッタリだろう。捨てずに残しておいて良かった。

後は適当な半袖シャツやバスタオルなんかを用意して脱衣所に向かう。

「おーい、セラム。着替えやバスタオルはここに――」

「ふう、いいお湯だった」

脱衣所にある洗濯機の上に着替えなんかを置こうとした瞬間、浴場の扉を開けてセラムが出てきた。

「「…………」」

セラムと俺の視線が交錯し、時が止まる。

磁器のように白くキメ細かな肌を露出し、形のいい豊かな胸や、丸みを帯びたお尻などの大事なところまで視界に入ってしまった。

「きゃあああああーっ！」

セラムは顔を真っ赤にして叫ぶと浴場へと戻ってしまった。

「すまん！　着替えとバスタオルを持ってきただけで覗こうとしたわけじゃないんだ！」

とりあえず、謝りながらも釈明を述べる。

浴場内からの返答はないが、代わりにスーハーと深呼吸をする音が響いていた。

「す、すまない。取り乱してしまった。もう大丈夫だ。あなたに悪意がないことはわかった。

このことはお互い水に流すとしよう」

若干声が震え気味だったが、深呼吸をすることによって色々な感情を鎮めてくれたらしい。

「そう言ってもらえると助かる。着替えはここに置いておくから、着替え終わったらリビングに来てくれ」

「わかった」

着替えを洗濯機の上にポンと置くと、俺はすぐに脱衣所を後にしてリビングに引っ込んだ。

「す、すまない。待たせた」

しばらくすると、着替えを終えたらしいセラムがリビングにやってきた。

一瞬、先ほどの裸体が俺の脳裏をよぎったが、本人が水に流そうと言ってくれたので思い出すのはよろしくない。

とはいえ、本人も完全に水に流すことは難しいのか気まずそうな顔をしていた。

全身泥まみれだったセラムだが、お風呂に入ることによってすっかりと綺麗になっていた。

金色の髪はサラリとして絹糸のよう。オシャレ感のまったくない赤ジャージでも抜群のプロポーションを誇る彼女が着ると、オシャレに見えるから不思議だ。

おっと、見惚《みと》れている場合じゃない。

「服のサイズは問題ないか?」

「ああ、この服の生地はとても肌触りがいいのだな。肌がこすれて痛くなるようなこともなく実に快適だ」

「そうか。それは良かった」

思っていた感想と違ったものが返ってきたが、特に不満はないらしい。

見たところサイズもピッタリみたいで安心した。

ただ胸の辺りに微《かす》かな突起のようなものが見える気がする。

もしかして、下着をつけていないのか？　着替えを持っていないので当然そちらも無いとは思うが、これればかりはどうしようもない。

「疲れているなら布団を用意するが先に寝てしまうか？　それとも何か食べるか？」

下着に関しては気にしないことにして尋ねる。

セラムが口を開こうとするが、それよりも早くに「ぐうう」とお腹《なか》が返事した。

「わかった。先に食事だな」

「……そうしてもらえると助かる」

空腹の音が恥ずかしかったのか、セラムは顔を真っ赤にしながら返事した。

朝食べた味噌汁《みそしる》の残りを温め直し、冷蔵庫に冷やしておいた夏野菜の揚げびたしを取り出す。

手早く卵を割ってボウルの中でとくと、フライパンに流し込んでいく。

「何か手伝えることはあるだろうか？」

すると、ジッと座っていたセラムがソワソワとした様子で言う。

「客人なんだから座って待っていてくれ」

「わかった」

気持ちは嬉《うれ》しいが特に難しい料理を作っているわけでもないしな。

二人分の玉子焼きが出来上がると、炊飯器からご飯をよそい、小皿に漬物を盛り付けたら完成だ。トレーに載せてリビングのテーブルに持っていく。

「こ、こんなに豪勢な食事をいただいてもいいのか？」

「いや、朝の残り物と作り置きだから豪勢ってほどじゃないぞ」

セラムの大袈裟《おおげさ》な言葉に苦笑してしまう。

むしろ、食事に関してはずぼらな方だと思うのだがな。

食事を前にしてソワソワしていたセラムだが、次第に表情を曇らせていく。

「どうした？　なにか苦手な料理でもあったか？」

「いや、好き嫌いはほとんどない。それよりもどうやって食べればいいのだ？　まさか、手摑《てづか》みなのか？」

「んん？　そこにある箸を使えば――ああっ、そうか。外国の人に箸は難しいか。ナイフとフォークを持ってくる」

「頼む」

あまりにも流暢《りゅうちょう》に日本語を話すので、日本文化にも精通していると思ったが、どうやらそうでもないらしい。セラムという女性は本当に不思議だ。

セラムにナイフ、フォーク、スプーンを用意すると、改めて食事をいただくことにする。

「いただきます」

「その言葉はなんだ？」

「食材に感謝を表す、食前の祈りみたいなものだ」

「なるほど。この地ではそのような祈りがあるのか。では、私もいただきます」

セラムは納得したように頷《うなず》くと、俺の作法を真似《まね》するように両手を合わせた。

「この白い粒はなんだ？」

「んん？　白米だ。セラムが倒れていた田んぼに生えていた稲から穫《と》れる実なんだが……」

「なんとあそこからこのようなものが……」

セラムはまじまじとご飯を見つめると、スプーンですくって口に入れた。

「甘くて美味《おい》しいな！」

どうやら初めてのご飯は気に入ってくれたらしい。

「単品でも美味しいが、他のおかずと合わせて食べるともっと美味《うま》い」

「本当か!?」

アドバイスをすると、セラムはナスの揚げびたしと一緒にご飯を食べた。

すると、美味しさを表すかのように身体を震わせた。

「本当だな！　おかずと一緒に食べると、これまた美味いぞ！」

「そうか。それは良かった」

よくわからない奴《やつ》だが、やたらと美味しそうに食べるな。

「このスープ料理も美味しい！　飲むとホッとする……」

「味噌汁な」

「味噌汁というのか……味噌汁は美味いな」

味噌汁の茶碗《ちゃわん》を手にしてホッとした顔をするセラム。

こんな風に誰かと食卓を囲むなんて何年ぶりだろう。

食事をする時に目の前に誰かがいるのが不思議だ。

そんな風にセラムの質問に答え、感想に相槌《あいづち》を打ちながら食べ進めるとあっという間に皿が空になった。

「ふう、美味しかった」

セラムが満足げに息を漏らす中、食べ終わった皿を回収して流しで水に浸《つ》けておく。

「……非常に今さらなのだが、あなたの名前を聞いてもいいだろうか？」

「本当に今さらだな」

まあ、名乗っていなかった俺も俺だが。

「俺は三田仁」

「ミタジン？」

区切ることなく続けて呼ばれたので変な感じだ。

「三田が苗字《みょうじ》で仁が名前だ」

「苗字を持っているということは、もしやジン殿は貴族なのか!?」

「いや、日本に貴族なんていないぞ。苗字も全員が持ってるしな」

「貴族がいない？　全員が苗字を持っている？」

俺の返事を聞いて、信じられないとばかりの顔をするセラム。

「なあ、セラムが女騎士の設定を大事にしてるのはわかるが、いつまでそれを続けるつもりなんだ？」

「だから設定ではないと言っている！　私は本物の騎士だ！」

毅然《きぜん》とした態度で言うものの口の周りに米粒がついているので威厳は皆無だった。

「口に米粒がついてる」

「む」

指摘すると、セラムは慌てて口元をぬぐって米粒を食べた。

「じゃあ、聞くがセラムは一体どこからやってきたんだ？」

「わかった。ちゃんと説明しよう」

居住まいを正すとセラムは、ここにやってきた経緯を話した。

3話　異世界からやってきた女騎士――

「ラフォリア王国のツイーゲ地方の森に現れた魔物を討伐するため、騎士団に所属するセラムは遠征に向かったと」

「そうだ。しかし、森に潜伏していた魔物は予想以上に多く、部隊が崩れて散り散りになってしまった。なんとか撤退しようと森で夜通し魔物と戦っていたのだが、気が付いたらジン殿の田んぼにいた」

「なるほど。意味がわからん」

「私もだ」

セラムがここにやってくるまでの経緯を何度も聞いたが、やはり理解できない。

しかし、それはセラムも同じのようだ。

真剣な口調で語る彼女を見ると、嘘《うそ》をついているようにも見えない。

「さっきも言ったが、ここにはラフォリア王国なんて国もツイーゲ地方なんてところもないぞ」

「そんなことはあり得ない！　私はツイーゲの森にいたはずなのだ！」

「そう言われてもだな」

そんな王国はないし、ツイーゲなんて場所も近くにはない。アニメや漫画の世界でもないし、そもそも魔物なんていないぞ。

どう言ったらわかってもらえるだろうか。

とりあえず、地図でも見せてみるか。俺はポケットに入っているスマホを操作し、世界地図を見せてやることにした。

「ほら、これを見てみろ」

「……これは？」

「スマホっていう現代人なら誰もが持っている情報端末だ。って、そんなことはいいから表示されている地図を見ろ」

「あ、ああ」

「これが俺たちの世界の地図だ。で、俺の住んでいる日本はここにある小さな島国だ」

説明しながら見せると、セラムは必死に目を凝らして地図を見つめた。

「……な、ない。ラフォリア王国がない」

「そうだな。過去の歴史にもそんな王国はない」

「嘘だ。そんなことあるはずがない。急いで騎士団の皆と合流して、国に戻らなければ……」

きっぱりと事実を告げると、セラムは立ち上がった。

幽鬼のような足取りでフラフラと玄関に進むと甲冑や剣を装備し始める。

セラムの様子が変だ。

「どこに行くんだ？」

「王国に帰る！　急いで仲間と合流し、援軍を要請しなければ！」

「いや、だからそんな王国はないって！」

「ジン殿、世話になった！　この恩は絶対に返す！」

俺が静止するもセラムはまったく聞く耳を持たずに飛び出してしまう。

「おい、待て――って、めちゃくちゃ速え！」

追いかけてセラムを止めようとしたが、尋常ではない速度で走り出してしまった。

あっという間にセラムの背中が見えなくなる。

「どうなってるんだ？」

今の速度。どう考えても人間が出せるスピードじゃないと思うんだが。

本当にあいつは俺と同じ人間なのだろうか？　そんな疑問を抱かざるを得ないほどに驚異的な身体能力だった。

「まあ、いいか。これでようやく畑仕事に戻れる」

よくわからないことを言うセラムのせいで畑仕事がほとんどできていない。

引き留めたい気持ちもなくはないが、こっちだって生活がかかっている。いつまでも見知らぬ奴を相手に時間を浪費するわけにはいかない。

俺は飛び出して行ったセラムを放置して、いつも通りの畑仕事に戻ることにした。

●

野菜の収穫を終え、卸し先に持っていき納品を完了させた頃には、すっかり暗くなっていた。

現在は夜の十九時。納品先から家まで軽トラを走らせているところだ。

「はあ、ようやく仕事が終わった」

いつもなら夕方頃には納品を終えて帰っているのだが、今朝はセラムの世話にかかりっきりだったせいでこんなに遅くなってしまった。

お陰で納品先の担当者には迷惑をかけることになってしまった。最悪だ。

明日はこうならないようにさっさと収穫して、夕方までには納品しよう。

信用が大事な商売だからな。

明日は絶対に遅れないように脳裏でスケジュールを組みたてながら夜道を帰る。

すると、真っ暗な道のど真ん中をトボトボと歩いている者がいた。

「おわっ！」

ライトで人影に気付いた俺は急いでブレーキを踏んだ。

ライトの先にいる人物を確認すると、昼間に家を飛び出したセラムだった。

家を飛び出したので世話してやる義理は果たした。

無視して通り過ぎることも考えたが、悲しそうな顔をしているセラムを見ているとどうにも放っておけなかった。

「おい、ここでなにしてるんだ」

「ジン殿……」

軽トラから降りて近づくと、セラムが今気付いたばかりの顔をした。

昼間は事あるごとに質問してきたが、今はそんな余裕もないらしい。軽トラの存在にもスルーだ。どうやらかなり落ち込んでいるようだな。

「王国には帰れたか？」

「見ればわかるだろう。帰れてなどいない。どこにもないんだ。人を見つけて尋ねてみても、皆知らないという」

そりゃ、そうだろうな。俺だけじゃなく、誰だって知らないと思う。

だって、そんな国はこの世界に存在しないのだから。

「もしかして、セラムは異世界からやってきたのかもしれないな」

「異世界……？」

「セラムの話を聞いても、俺には虚構としか思えない」

「嘘ではない！」

反射的にセラムが叫ぶ。

それは必死になって拠《よ》り所《どころ》を守ろうとする子供のようだった。

「セラムが嘘をついていないことは俺にもわかる。だから、それが真実だとすると別の世界からやってきてしまったとしか思えないんだ」

最近、流行《はや》りのネットと小説や漫画などで異世界人が現代にやってきてしまうというものがある。

今の状況を鑑みると、それと同じような状況が起きているとしか思えない。

そうだとしたら、給湯器、お風呂、シャワーといった当たり前の常識について疎いことにも納得できる。それほどセラムはこの世界について無知過ぎるのだ。

「はは、異世界か……荒唐無稽のような話だがそうなのかもしれないな。それほどまでにここは私のいた場所と違い過ぎる」

一人で飛び出し、彷徨《さまよ》ったことでセラムにも思うところはあったのだろう。

俺の言葉がどこか腑《ふ》に落ちたような顔をしていた。

となると、セラムは身寄りがないことになるな。こんな若い女性を野宿させるのも気が引ける。

「とりあえず、今日は遅いから俺の家に泊まっていけ」

「……ああ。世話をかける」

家に戻ることを提案すると、セラムは呆然としながらも軽トラの荷台によじ上って三角座りをした。

助手席ではなく、まさかそっちに乗るとは……。

ここから先は平坦《へいたん》な一本道だ。荷台がいいというのであれば、そのままにしておこう。

運転席に乗り込むと、俺は軽トラを発進させた。

二十分ほど夜道を進むと、俺たちは家に戻ってきた。

運転席を降りるもセラムが荷台から降りてこない。

「おーい、家に着いたぞ」

「ああ」

声をかけるとボーッとしていたセラムは、今気付いたかのような反応で返事して降りた。

玄関に入ると、セラムはちゃんと靴を脱いで上がってくれた。

昼間の注意を覚えていたようだ。

「夕食はどうする？」

「あまり食べる気分ではない。すまないが、先に休ませてもらってもいいだろうか？」

突然、異世界にやってきてしまったことを認識したショックで、食欲も湧かないようだ。

それもそうか。俺が逆の立場なら混乱して泣き叫ぶかもしれない。

そんな中、こうして落ち着いた様子を見せるセラムは、かなり心が強いな。

今は心を整理する意味でも一人にさせておく方がいいだろう。

俺は空いている寝室にセラムを案内すると、押し入れから客用の布団を取り出してセットした。

「なにかあったら声をかけてくれ」

「ああ」

セラムの生返事のような言葉を聞き、俺は寝室を後にすることにした。

そういえば、家を飛び出してから水は飲んでいるのだろうか？　寝る前に水くらいは持っていってやるか。

グラスに水を入れて寝室に近づくと、中からすすり泣くような声が聞こえた。

「…………」

取り乱していないように見えたが、やはりかなりショックだったらしい。

俺は寝室の傍《そば》にグラスと水差しを置いて、リビングに戻った。

4話　女騎士と始める同居生活――

「おはよう、ジン殿」

翌朝。朝食の準備をしていると、セラムが起きてきた。

「……ああ、おはようセラム」

家で誰かに挨拶の言葉を投げかけられることに慣れていなかった俺は、数秒ほど遅れながらも挨拶を返した。

「水とても助かった」

「ああ、そこのテーブルに置いておいてくれ」

セラムが昨日使ったグラスと水差しをテーブルに置くと台所にやってきた。

「何か手伝えることはないか？」

別にないと答えようとしたが、ジーッと待っているのは彼女の気性に合わないのだろう。

「じゃあ、そこの料理をテーブルに持っていってくれるか？」

「わかった！」

仕事を振ってやるとセラムは顔を綻ばせ、ご飯、焼《や》き鮭《じゃけ》、漬物、海苔《のり》、サラダの皿をテーブルに持っていってくれる。

その間に俺は沸騰させないように煮込んだ味噌汁の最終確認。

「うん、こんなもんだろ」

薄めが好きな人からすれば少し濃いかもしれないが、夏場はよく汗をかくために塩っけが強い方がいい。

昨日、セラムが飲んだ時も悪くない感触だったし、これでいいだろう。

コンロの火を止めると、二つの茶碗に味噌汁を盛り付けて運ぶ。

座布団の上には既にセラムが座っており、ソワソワとした様子で待っていた。

「それじゃあ、食べるか」

「うむ！」

「「いただきます」」

昨日知ったばかりの、この世界の食前の祈りだがセラムは率先して行っていた。

意外と気に入ったのかもしれない。

朝食の献立は、ご飯、味噌汁、鮭、漬物、海苔、サラダといったシンプルなもの。

セラムが異世界人であり、ご飯に馴染《なじ》みがないならば洋食にすることも考えたが、普段和食派の俺の家にはパンがなかった。

そんなわけで昨日に引き続いての和食である。

「このサラダ、とても瑞々《みずみず》しくて甘いな」

「畑で収穫した売り物にできないものの寄せ集めだけどな」

「昨日も思ったが、このように瑞々しく甘い野菜は初めて食べた。ジン殿は素晴らしいものを育てているのだな」

パクリと小さなトマトを口に含み、顔を綻ばせるセラム。

セラムがいた世界の野菜がどんなものかは知らないが、言葉を聞く限りではそれよりも美味しいらしい。

そんなことを言われたのは初めてだが、まあ悪い気はしないものだ。

それにしても、昨夜は寝室で泣いていたのに、翌朝になるとケロッとしているな。

一晩経《た》ったことで落ち着いたのか、元々ポジティブな性格なのか。正直、判断はつかないが無理をしていることもなさそうだ。

「むっ！　なんという濃厚な脂身！　これほどまでに臭みのない魚は初めてだ！　これは何という魚なのだ？」

「それは鮭だ。食べたことがないのか？」

「うむ、このような魚は食べたことがない」

異世界でも同じ食材はあるようだが、鮭のように全くあちらには存在しないものもあるようだ。

「逆にセラムのいたところでは、どんな魚を食べていたんだ？」

「私のいたところではアドンコという魚がとても食べられていてな。よく流通していて安いのだが、泥臭くてあまり美味しくはないのだ」

試しに少し踏み込んだ会話をしてみると、セラムは特に気にした様子もなく答えてくれた。

異世界と言われると荒唐無稽な話だが、こうして会話をしてみると面白いものだ。

「むむ、綺麗に食べるのが難しいな」

険しい顔をしながらセラムがフォークを手に鮭と格闘していた。

「さすがにフォークで食べるのは難しいか。貸してくれ」

セラムから焼き鮭の皿を受け取り、新しい箸を使って食べやすいようにほぐしてやる。

彼女のことを考えて、もう少し食べやすいおかずにするべきだったか……。

「これならフォークでも食べられるだろ」

「ありがとう。昨日も思っていたが、二本の棒をよくそこまで器用に操って食べられるものだな」

まじまじと俺の手元を見つめながら呟くセラム。

今では当たり前のように使っているが、冷静に考えるとそうだよな。

カチカチと箸を動かしていると、セラムがジーッと凝視しているのに気付いた。

「……試しに箸も使ってみるか？」

「やってみる！」

鮭をほぐした新しい箸を手渡すと、セラムが俺の指を観察して持ち方を真似た。

それから箸で鮭を摑む。

しかし、握り方はすぐに崩れてしまい上手《うま》く持ち上げることはできず、ポトリと皿に落ちた。

上手く摑めずにガーンッとした顔になるセラム。

「これはかなり難しいな」

「まあ、こういうのは慣れだからな。何度も使っていけばできるようになる」

「…………何度も使っていけばか……」

途端に消沈した表情を見せるセラム。

食事をしていた最中は明るかった彼女だが、未来を想起させる俺の言葉のせいで気が重くなってしまったようだ。

「これからどうするんだ？」

「わからない。どうすれば元の世界に戻れるのか、そもそも元の世界に戻ることが可能なのかもわからないのだから」

それもそうだ。

ツイーゲとかいう異世界の森にいたと思いきや、こちらの世界の田んぼで倒れていたのだから。

「倒れていた田んぼに元に戻るための手がかりとかは？」

「既に確認したが、魔力の残滓《ざんし》も魔法陣も何も見つからなかった」

どうやら既に確認済みだったらしい。

唯一の手掛かりともいえる場所が、それならなおさらどうしたらいいのかも不明だ。

「とはいえ、これ以上ジン殿に迷惑をかけるわけにはいかない。朝食を食べたら家を出ていく」

「出ていくって、それからどうするんだ？」

「なんとか一人で生きるための道を探す。なに、私には武《ぶ》の心得がある。魔物退治でも引き受ければ、何とか金を稼ぐことくらいはできるだろう」

腕に自信があるのだろう。セラムは自信たっぷりの様子で答えた。

「言っておくがこの世界には魔物なんていないぞ？」

「ま、魔物がいない!?　そ、そそ、そんなバカな!?」

「ここだけじゃなく世界中を探してもそうだからな？　日本はトップレベルに治安のいい国だ。人同士の争いもまったくないから、傭兵《ようへい》のような真似もできんぞ」

「では、私はどうやって生きていけばいいのだ!?」

「だから、それを聞いてんだよ」

唯一の稼ぎ所がないと知って本気で焦っているセラム。

さっきまでのキリッとした姿はセラムだったが、今の情けない姿はせらむだな。

「そ、それでも何とかして稼ぐ！　力仕事には自信があるからな！」

落ち着きを取り戻したセラムが、拳を握りながら言う。

確かにあれだけ速く走れるのであれば、そういった力仕事が向いているのかもしれない。

だが、この世界について何もわかっていない異世界人が、無事にそういった職につけるかは疑問だ。

戸籍もないし、そもそも住所不定だ。保証人だって誰もいない。

まともな会社で働くことは不可能だろう。唯一そういったところを突破できるとすれば、アングラな世界だ。こんな美人で若い子が街に出たところで食い物にされるだけだろう。

「ごちそうさま。では、ジン殿世話になったな」

などとグルグルと考えていると、いつの間に朝食を食べ終わったのかセラムが立ち上がった。

食器を流しに持っていくと、そのまま玄関に移動して甲冑を装備していく。

「待て」

「どうしたジン殿？」

「……うちの農作業を手伝ってくれるなら、三食付きの家賃なしでここに住んでもいいぞ？」

「いいのか!?」

おずおずと言うと、セラムはこちらに急接近してきた。

嬉しさのあまり興奮しているのはわかるが、顔が近い。

「あ、ああ。その代わりあまり給金は出せないぞ？　うちはようやく収入が安定してきたところなんだ。大金を稼いでいるわけじゃないから、あんまりお金は払ってやれない」

「泊まれる場所と食事さえあれば、私はそれでいい！　だが、ジン殿は本当にそれでいいのか？」

こちらを見上げながら不安そうに尋ねてくるセラム。

見ての通り、戸籍すら持っていない異世界人だ。こっちの世界の常識もまるでなく、雇うにしろ苦労することは目に見えているだろう。

しかし、セラムは決して悪い奴ではない。人付き合いをあまりしなくなった俺でもそれくらいのことはわかる。

煩わしい人間関係を構築するのは嫌だ。

そういうのが嫌になって脱サラして、故郷で農業をやることにした。

ここでセラムを雇い、一緒に住むということは、強固な人間関係を構築することになる。

それに対して面倒だと思う気持ちはあるが、困っている人を見捨てるという後味の悪さよりは遥《はる》かにマシだ。

「ちょうど人手が欲しいと思っていたからな。それに部屋も余っているから、別に困るようなことはない」

知らない奴を雇い入れるよりも、力仕事の得意そうな面識ある女騎士を雇う方が精神的にもいい。それに懐も痛まないしな。

「ジン殿、感謝する！　では、改めてこれからもよろしく頼むぞ！」

そんな打算あっての提案であるが、セラムにとっても嬉しい申し出だったようだ。

セラムが手を伸ばしてくると、こちらも手を出して握り込む。

「今日からビシバシとこき使ってやる」

「望むところだ！」

こうして、俺と異世界の女騎士セラムとの同居生活が始まるのだった。

5話 長ナスの収穫

セラムを従業員として家に住まわせることにした俺は、早速仕事にとりかかることにした。のだが、畑仕事を手伝うはずのセラムは、何故か帯剣していた。

赤いジャージに帯剣している姿は明らかに奇怪だ。

「どうしたジン殿？」

「なんで剣を持ってきてるんだ？」

「これがないとどうも落ち着かなくてな……ダメだっただろうか？」

愛おしそうに剣の柄《つか》を撫《な》でながら言うセラム。

ダメだと言えば置いてきてくれそうではあるが、そう言ったら悲しそうな顔をする気がする。

異世界にすぐに戻ることはできないと区切りをつけたようだが、やはり寂しく思う気持ちがあるのだろう。

「まあ、仕事の邪魔にならないならいいだろ」

「助かる！」

「ちなみに日本では銃刀法違反といって、業務その他正当な理由を除いて刃渡り六センチを超

える刃物を携帯するのは禁止だからな」

「えっ!?　それでは魔物に襲われた時危ないのではないか!?」

「だから、この世界に魔物はいないから」

「あっ、そうだったな」

反射的にそのような質問が出るあたり、セラムはまだこの世界に慣れていないようだ。

「ちなみに刃渡り六センチというのは、どれくらいの長さなのだ？」

セラムの世界とは長さの単位が違うのだろう。

「このくらいだな」

「それでは包丁も持つのもダメではないか！」

「いや、包丁は家で料理をするための必需品だから持っていても問題ない。ただ理由なく持ち歩くのがダメなんだ」

説明するとセラムが理解したような理解していないような顔をした。

ルールとしてはわかるけど、それでいいのかと思っていそうだ。

「この世界はとにかく平和なんだ。だからそういった武器を持っていると、よからぬことを考えているんじゃないかと疑いをかけられる」

「では、迷惑をかけないために持たない方がいいのでは……？」

などと殊勝なことを言っているが、セラムの顔は酷《ひど》く悲しそうだ。

「まあ、本物の剣なんて誰も持っていないから、持っていても怒られることはないから大丈夫だろ」

「そ、そうか！」

などと言うと、セラムが嬉しそうな顔をする。

やっぱり日常的に剣は持っていたいらしい。

明らかに日本人ではないとわかる容姿をしているセラムが、帯剣していようとも誰も本物だとは思わないだろう。

日本文化にハマった外国人が、侍や騎士なんかに憧れて玩具を持っているくらいにしか思わないに違いない。

そこまでの理由を教えると、むくれるだろうから言わないけどな。

「ただ絶対に剣は抜くなよ？　抜いたらさすがに一般人でも偽物じゃないと気付くだろうし」

俺も軽く触らせてもらったが、本物の剣は素人からしてもヤバいと思えるような重圧がある。

迂闊《うかつ》に抜いてしまえば、銃刀法違反待ったなしだろう。

「わかっている。私も騎士だ。無暗《むやみ》に剣を抜くような真似はしない」

「とかいって、俺と出会った時に剣を抜きかけたよな？」

「あれはジン殿が悪いのだ！　あんな風に私を愚弄するから！」

出会った時のことを思い出してバツが悪い顔をする女騎士。

あの沸点の低さで剣を抜かれると非常に困る。

今後もセラムの動向には注視しなければいけないだろう。

「剣についてはこの辺にしておいて仕事だ。今日はナスを収穫する」

「ナスというと昨日の昼食で出てきたやつだな！」

本日の業務内容を伝えると、早速ナスのある場所に移動する。

「ジン殿、この透明な家はなんなのだ？」

「ビニールハウスだ。この中でナスを育てている」

「なんのために？」

「こうやってビニールで外界と遮断することで、外部からの環境の影響を抑えることができるんだ。他にも気温、地温の制御もしやすいといった利点もあって、育成環境の調節がしやすいから育てやすくなる」

「ほ、ほう。ジン殿の言っていることは半分くらいしか理解できなかったが、こちらの世界の農業は随分と進んでいるのだな」

聞くところによるとセラムのいたところは、中世ヨーロッパのような文明レベルに加え、魔法などが発達している世界だ。機械を利用して育てる農業を不思議に思うのも当然か。

ビニールハウスの説明もほどほどに俺たちはハウスの中に入っていく。

「おお！　ここにあるのは全部ナスなのか⁉」

ハウス内に広がっているナスを見て、セラムが驚きの声を上げる。

俺からすれば見慣れた光景だが、農業にあまり関わったことのない人からすれば、これだけの数が並んでいれば圧巻だろう。

「ああ、全部ナスだ。ちなみに品種は長ナスといって、普通のナスに比べて十センチほど長い。大きいのになると三十センチから四十センチになるものもある。果肉が柔らかく、焼き物や煮物なんかが特に美味いぞ」

「…………」

などと説明をすると、セラムがまじまじとこちらを見ていることに気付いた。

「どうした？」

「いや、ジン殿は野菜のことになると、饒舌《じょうぜつ》になって普段よりも活《い》き活《い》きとしていると思ってな」

「……そうか？」

自分ではそんな自覚はなかったのだ、そう言われるということはそうなのだろう。

仕事先以外でこうやって農業のことを話すのは初めてだったし、そういった会話に飢えていたのかもしれない。

「普段からそれくらい柔らかな顔をしている方がいいと思う」

それは普段の俺が仏頂面だということだろうか。

まあ、愛想がある方ではないと自覚はしているので何も言えないところだ。

「とりあえず、ナスをハサミで収穫して、コンテナに入れてってくれ」

ハウスの端に置いてあったカートとコンテナを押して戻る。

「おお、押しただけで前に進む！　これは便利だな！」

カートが物珍しいのか押したり引いたりしてはしゃぐセラム。

こうして見ていると大きな子供ができたようだ。

「ところで、ナスを収穫する目安はどのくらいだろうか？」

「このハサミと同じ長さくらいのものを穫《と》ってくれ。穫る時はわき芽の根元から切ってくれて構わない」

お手本を見せるようにハサミと同じくらいの大きさのナスを手に取り、わき芽の根元を切る。

それから不必要なわき芽からナスを切り離してコンテナに入れた。

「そんな根元から切ってもいいのか？」

「果実だけを収穫すると、そこからまたわき芽が伸びて、あっという間に生い茂るんだ。だから、遠慮なく切っても大丈夫だ」

切っていかないと延々とわき芽が増えて、ジャングルのようになってしまうからな。

後は茂り過ぎた葉を落として、成長を促進する意味もある。

「わかった。ならばやってみよう」

セラムはハサミを手にすると、真剣な顔つきで傍にある大きなナスとハサミの大きさを照らし合わせる。

そこまで慎重にやらんでも……。

基準に満ちているものだとわかると、セラムはこくりと頷いて果実と繋《つな》がっているわき芽の根元をパチンと切断した。

その瞬間、俺はわざと悲壮な顔をして声を上げた。

「ああっ!?」

「な、なんだ！　これは収穫してはダメなものだったか!?　す、すまない！　こういったことをするのは初めてで――」

「いや、別に問題ないし合ってるぞ」

暴露した瞬間、セラムの表情が剣呑《けんのん》なものとなる。

「……ジン殿？」

「すまん。妙に緊張してるようだから茶化しただけだ。ハサミの大きさっていうのもあくまで基準で、そこまで厳密に測らなくていいからな？」

緊張をほぐすためのものだと説明すると、ひとまずセラムは納得したようで剣呑な気配を引っ込めた。

なまじ顔の造形が整っているだけに、睨《にら》みつけられた時の迫力がすごいな。

セラムは気を取り直したように次のナスを見つけ、先ほどよりも迷いのない手つきでわき芽から切り落とした。

「これで問題ないか？」

「ああ、その調子でドンドンとやっていってくれ」

そう答えると、セラムは安心したような顔になって次のナスにハサミを伸ばしていく。

三つ目、四つ目、五つ目と順調にセラムが収穫していくのを見守り、問題ないことがわかると、俺は違う畝に移動して収穫をすることにした。

カートを押しながら収穫基準に満ちているナスを見つけ、わき芽の根元を切る。

無駄なわき芽を切り落とすと、長ナスだけをコンテナに入れる。

そういった作業をしながら次の、その次の収穫基準に達しているナスを見つけ、次々と収穫をしていく。それと同時に剪定《せんてい》して無駄な葉を落とすことも忘れない。

「は、早い！」

カートを押して次々と収穫していく俺が見えたのだろう。

セラムがこちらを見て驚いている。

「こっちは何年もやってるからな」

「ぐぬぬぬ、いずれはジン殿と同じくらいの収穫スピードになってみせる」

鼻で笑ってやるとセラムは悔しそうにしながらも収穫作業に勤《いそ》しんだ。

ああ見えて負けず嫌いのようだ。
とはいえ、農業一日目のセラムに負けるわけにはいかない。
農業経験者であり雇い主として、新入りに格を見せつける必要があるだろう。
俺はいつもよりも気合いを入れて、収穫作業に勤しんだ。

6話 長ナスとツナのトマトペンネ――

「ふう、今日はこんなものでいいだろう」

「わかった」

収穫作業を終えると、俺たちの前にはコンテナにぎっしりと入った長ナスが。

「これだけたくさんのナスが並んでいる姿は壮観だな」

「ああ、我ながらいい艶のナスを育てたもんだ」

収穫作業は数が多いと面倒だが、これだけたくさんのナスが並んでいると気持ちのいいものだ。

それにしてもやっぱり人手があると作業速度が段違いだな。

セラムは農業初心者であるが、異世界で騎士をやっていただけあって体力もあるし精神力もある。

長時間の作業でも一切の泣き言を言わずに、こちらの想像以上の働きをしてくれた。

常識のない異世界人を雇い、住まわせることに躊躇《ちゅうちょ》がないわけではなかったが、この働きぶりだけでも価値があったといえるだろう。

「このナスはこれからどうするのだ？」

「ナスの選別や調整作業だな。それが終わったら袋詰めをして直売所に持っていく。後は配送業者が市場に持っていって、地元のスーパーに並ぶ感じだな」

「な、なるほど？」

などと出荷の段取りを説明してみせたが、まだこの世界についてよくわかっていないセラムからすればイメージしづらいだろうな。

「まだ作業は残っているが先に昼飯だ」

「そうか！」

お腹が空いていたのだろう。作業を中断して昼食であることを告げると、セラムは嬉しそうな顔になった。

ひとまず収穫したナスは鮮度保持袋に包んで置いておく。

その際に、形の悪いものや微妙に傷んでいるものを昼食用に拝借した。

そういったものは売り物にならないからな。とはいえ、食べられないわけではないので自分で消費する分には全く問題ない。

家に帰るなり、セラムがワクワクした様子で聞いてくる。

「昼食は何にするのだ？」

「せっかく収穫したんだ。長ナスを使った料理にしようと思う」

「おお、それは楽しみだ！」

とはいえ、揚げナスの煮浸しは昨日食べたところだ。同じものを作ってもつまらない。

何を作るとしよう？

冷蔵庫を開けて、残っている食材を確認。それほど潤沢に食材があるわけではないな。

ついでに戸棚を確認すると、パスタとツナの缶詰が目に入った。

「よし、昼飯は長ナスとツナのトマトペンネだな」

ありきたりだが冷蔵庫にある残り物の食材を使って、なおかつ簡単に作れるレシピだ。

これでいこう。

「なにか手伝えることはあるか？」

食材を取り出していると、セラムがソワソワした様子で尋ねてくる。

「昨日からずっと言っているな」

「自分だけジッと待つというのが性に合わないんだ。なにか手伝わせてくれ」

「だったら、長ナスのヘタを取ったら、皮を四か所ほどピーラーで剝《む》いてくれ」

「む？　ぴーらー？」

ピーラーを手渡すと、セラムは怪訝《けげん》な顔になる。

どうやらセラムの世界にはない道具らしい。

「こんな風に刃を当てて下に引くと、皮が剝けるんだ」

「おお！　これは便利だな！」

お手本を見せてあげると原理がわかったらしく、セラムもすぐに一人で皮を剝けるようになった。

その間に俺は缶詰からツナを取り出し、コンロの上にフライパンを準備しておく。

「……昨日も思ったが、ジン殿は男なのに料理が上手なんだな」

「そりゃ、一人暮らしが長いからな。セラムの世界では、男は料理をしないのか？」

「勿論《もちろん》できる者もいるが、大抵は女性に任せていた。料理人以外で男が厨房《ちゅうぼう》に立つのは女々しいというような風潮があったな」

昭和初期のような考え方だな。

今じゃそんな言葉を口にすれば、叩《たた》かれることは間違いないだろう。

「ジン殿、皮を剝いたナスはどうすれば？」

「ああ、そっちは大きめの斜め切りで頼む」

「斜め切り？」

うん？　これも異世界ではない切り方なのか？

いや、名称が違うだけにきっとあるに違いない。

「斜め切りっていうのは、こうやって食材を斜めに切っていくことだ」

「おお、そういう切り方か……」

実際に包丁を使ってスライスすると、セラムは納得したように頷いた。

そして、俺が包丁を渡すと、セラムはギュッと握り締めた。

「ちょっと待て」

「む？　なんだ？」

「なんだその包丁の握り方は？　そんな持ち方じゃ危なっかしくてしょうがないぞ」

「むむ。すまない。どうやって持つのが正しいのだ？」

セラムの疑問を聞いて、俺はとある可能性を見落としていたことに気付く。

「……お前、もしかして料理したことないのか？」

「恥ずかしながら騎士の家系故に、幼い頃から剣や乗馬といった稽古ばかりでな。そういった経験は一切ない」

「そういうことは早く言え」

道理で台所での挙動や包丁の持ち方がおかしいはずだ。

「すまない。経験がないと言うと、台所から追い出されると思って……一度、料理というものをやってみたかったのだ」

叱られた子供のような顔をするセラム。

「客人ならそうするところだが、しばらくはここに住むんだ。少しくらい料理もできないと困る。なんでも教えてやるから、わからないことやできないことはきちんと言え」

「ありがとう、ジン殿！　今度からそうする！」

そう言うと、セラムはにっこりと笑った。

とりあえず、セラムに包丁の持ち方、食材の切り方などを教えてやる。

すると、正しいフォームでゆっくりと斜め切りをし始めた。

左手の手つきがちょっとばかり危なっかしい。今度、セラミック包丁を買ってやった方がいいかもしれない。

長ナスが終わると、フライパンにオリーブオイルを入れる。

そこにセラムが斜め切りした長ナスを入れた。

ちょっと形が歪《いびつ》だ。斜め切りだからそこまで気にならないし別にいいか。

「そっちの鍋に水を入れてくれるか？」

「あ、ああ。確かこのレバーを上げれば、水が出るのだな」

水道も知らないセラムであったが、何度か俺が使っているのを見てどのようにすれば水が出るかはわかるようだ。

おそるおそるレバーを上げて、ちょうどいいところでレバーを終えた。

「できたぞ！」

「よくやった」

それだけでドヤ顔をされるのは遺憾だが、初めて触ったものを無事に使いこなせたので褒めておく。犬を飼ったような気分だ。

「次はコンロの火を点《つ》けてくれ」

水の入った鍋をコンロに置いたところで、続けて役割を振ってみる。

水道と同じでこういうのは使っていけば、すぐに慣れるだろう。

「……えっと、火の出る道具だな。確かここにあるつまみを右に回す……でよかったか？」

「そうだ」

頷くと、セラムがつまみを右に回した。

すると、ボッと音を立てて火が点いた。

「点いたぞ！」

「よくやった。つまみの上にあるレバーを右に動かしてくれ」

「おお！　火が強くなった！」

「そこを弄《いじ》れば火加減が調節できるから覚えておいてくれ」

「たったこれだけの動作で水を出したり、火を出したりできるとは……ジン殿の世界の道具は本当に便利だな」

まじまじと火を見つめながら感心するセラム。

何をするにしろ水道とコンロさえ使えるようになれば、家で一人にしておいても困らないだろう。食材さえ用意しておけば、勝手に何かを焼いて料理を作るなり、カップ麺を食べることもできる。

そんな風に水道やコンロの使い方を教えていると、ナスに焼き目がついてきたので一度お皿に上げておく。

それからもう一度フライパンにオリーブオイルを入れて、ニンニクを炒《いた》め、狐色になったらタマネギを加え、香りが立ったらタマネギを加える。

「ああ、もういい香りだ」

隣で調理を見ているセラムが、表情を緩ませながら呟く。

朝から収穫という重労働をし、お腹を空かせている身としてはトマトとニンニクの香りは暴力的に思えた。

さらにドライハーブとバジルを加えて弱火でトマトソースを煮込む。

煮込み作業をしている間に、沸騰したお湯にペンネとサラダ油を加えて茹《ゆ》でる。

ペンネが茹で上がったら、煮込み終わったソースにペンネを投入。

塩を加えて味を調えながら味見。

問題ないことを確認し、ペンネを平皿にこんもりと盛り付ける。

「よし、長ナスとツナとトマトペンネの完成だ」

「おお！」

盛り付けた皿をセラムがテーブルに運んでくれる。

冷やした麦茶をグラスに注《つ》ぐと、俺たちはいそいそと座布団の上に座った。

「「いただきます」」

手を合わせると、セラムと俺はすぐにフォークに手を伸ばして口に運んだ。

「美味い！　長ナスがとてもジューシーだ！」

「だろう？」

口の中に広がるトマトの酸味と旨《うま》み。なにより大き目にカットされた長ナスがとてもジューシーだ。

肉が入っていないのに、まるで大きな肉を食べているかのような満足感がある。

ツナの微かな海鮮の旨みと脂身がトマトソースにしっかりと溶け込んでおり、ペンネにしっかりと絡みついている。

ドライハーブとバジルの独特な風味が旨みと脂身を最後に拭い去り、スッキリとした後味を演出している。

……美味い。

こうやって新鮮な食材をすぐに味わうことができるのは農家の特権ともいえるだろう。

「ジン殿の長ナスは本当に美味しいな！」

ペンネを口にしながらセラムが言った。

その弾《はじ》けんばかりの笑顔からして本心で思っているのは明らかだった。

「それで金を稼いでいるからな。そうじゃなきゃ意味がない」

誰にでも作れるようなものでは意味がない。お金を出して買う美味しさがあるから価値があるのだ。農業とはそういうものだ。

だが、そう言われて一農家として嬉しい気持ちは確かにあった。

市場やスーパーに自分の野菜が並んでいても、直接感想が届くことはないからな。

目の前で食べてもらって美味しいと言ってもらえることは幸せなのだろう。

「ごちそうさまでした」

などと感慨深く思っていると、セラムの皿はすっかり空になっていた。

「食い終わるの早いな！」

「ジン殿の料理は美味しいからな！」

それなりに量があったはずだがぺろりと平らげている。

どうやらうちの女騎士は健啖家《けんたんか》でもあるようだ。

7話　長ナスの出荷作業

昼食を食べ終わると、長ナスの選別や調整作業に入る。

そのためには、ナスを入れたコンテナを移動させる必要がある。これがまた重労働なのだ。

なにせコンテナ一つで十キロ以上の重さがある。

収穫作業で疲労した身体で、何個も持ち運ぶのはなかなかにしんどい。

「ジン殿、これを運べばいいのか？」

「ああ、あっちのテーブルで作業するからな。結構、重いから無理はするな――」

などと注意しようとしたが、セラムはコンテナ六つを積み上げてひょいと持ち上げた。

「……は？」

俺よりも華奢《きゃしゃ》な体格をしたセラムが、コンテナを軽々と持ち上げている姿に唖然《あぜん》とするしかなかった。

一つ十キロだとしても六十キロだ。

かなり鍛えこんでいれば無理ではない重さだが、そうでもない限り不可能だろう。

「どうしたのだ？　ジン殿？」

「いやいや、それ一つで十キロ以上あるんだぞ？　なんでそんなに持てるんだ？」

「私は騎士だ。これくらいの重さくらいどうということはない。と言いたいところだが、さすがに重いので身体強化の魔法を使っている」

「魔法……？」

「魔力で筋肉を補強しているのだ。これを応用すれば、速く走ったり、高く跳んだりと驚異的な身体能力を発揮できる」

となると、初日に家を飛び出した時に車並みの速度で走れたのもそのお陰というわけか。

セラムの言葉を聞いて納得したが、それよりも気になることがある。

「そもそもこっちで魔法を使えるのか⁉」

「ああ、私のいた世界に比べると漂っている魔力は薄いが十分に使える」

魔力やら魔法やらは空想の産物だと思っていたが、どうやら現代日本にも存在するようだ。

「となると、俺も使えたりするのか？」

「……無理だと思う」

少し期待しながら尋ねてみると、セラムは首を横に振った。

「どうしてだ？」

「ジン殿をはじめとするこの世界の人には、そもそもの魔力が感じられない。恐らく、魔力を感知して練り上げる魔力器官が存在しないのだろう。魔力が存在していても、魔力器官がなければどうすることもできない」

エネルギーはあっても、それを動かす動力機関がなければどうすることもできない。

どうやら地球人にとって魔力は無駄な産物のようだ。

「厳しいことを言うが、仮にジン殿の身体に魔力器官があったとしてもジン殿の年齢で習得することは難しいだろう。魔法の訓練は幼少期から長い時間をかけて行われるものなのだ」

そりゃそうだよな。セラムは自分で料理をする暇もないほどに、剣や魔法の稽古に時間を注ぎ込んでいたと言っていた。

そんな専門技術といえるものを、素養もまったくない俺がすぐに習得するのは難しいだろう。もし、仮に習得できたとしてもかなり年老いているだろうな。

「そうなのか。魔法が使えれば、野菜を育てるのに便利だと思ったんだがな」

「魔法を使えると聞いて、真っ先に思い浮かべるのが農業利用とはジン殿らしいな」

俺の呟きを聞いて、セラムがクスリと笑った。

いや、それ以外の利用方法なんて思い浮かばないだろう。

「なあ、魔法で野菜を育てたりとかできないのか？」

魔力とかで野菜の成長を促したりできないだろうか？

「それができれば、とっくに申し出ている。残念ながらジン殿が思うほど魔法は便利ではないのだ」

どうやらそんな都合のいい魔法はないようだ。

まあ、できたらできたで農業の面白さも半減するのでいいっちゃいいか。

だけど、魔法の力で成長加減を操作できたら素晴らしかっただろうな。それができれば、短い期間で収穫に追われることもないのに。

なんて農家の泣き言を心の中で漏らしながら、コンテナを作業台の傍に持っていく。

いつもなら何往復もする重労働だったが、セラムのお陰で二往復で済んだ。

これは積み込み作業も随分と楽になりそうだ。

「選別作業とはどうするのだ？」

「汚れを拭き取りながらサイズごとに分けていくんだ。それをしながら長ナスに傷がないか、形が悪いものはないか確認する」

「傷のあるものや形の悪いものはどうすればいい？」

「少し形が悪いものは安くして売れるが、傷みが酷いものはどうしようもないな。傷んでいる部分を取り除いて家で食べるか、捨てるしかない。この長ナスなんかもダメだな」

「それだけの傷で売り物にならなくなるのか？」

俺からすればかなりダメだが、セラムからすれば許容範囲なのだろう。

「俺たちは美味しくて安全なものをお客さんに届けないといけない。少しでも安全を脅かす可能性のあるものを渡すわけにはいかないんだ」

「なるほど。お客の安全を第一にか！　ジン殿は徹底しているのだな！」

セラムが尊敬するような眼差《まなざ》しを向けてくる。

俺がというよりも農業協同組合とかって規模になるが、そこまでするとまた話が飛躍しそうなのでそういうことにしておこう。

分類の仕方をセラムに教えると、俺たちは長ナスを手にして選別を行っていく。

ナスを手に取って布で汚れを拭き取りながら、全体をくまなく確認。

付着した汚れを取ってやると、一層とナスが艶やかな光を放つ。

綺麗になったナスはとても艶々して宝石のようだ。

「ジン殿が穏やかな顔をしている」

黙々と作業をしているとセラムが珍しいものを見たかのような顔をする。

今の俺の顔はそれほどまでに穏やかなのだろうか。

「収穫したものを磨いていると心が落ち着くんだ」

「まあ、それについては同意見だ。何も考えなくていい作業というのもいいものだ」

「おい、選別のことは考えろ。そのサイズはそっちのコンテナじゃない」

「すまない」

俺が指摘すると、セラムが慌てて仕分け先を修正する。

力仕事は頼りになるがこういう細かな作業をしている時は目が離せないな。

とはいえ、農業初心者にしては十分過ぎる働きをしているので、多少のミスは許してやらないとな。

長ナスの選別作業が終わると、次は袋詰めだ。

「セラム、袋にこのシールを貼っていってくれ」

「しーる？」

シールのことを知らないセラムのために貼り付け作業を実演。

指で剝がして袋に貼り付けるだけなので、すぐに理解できたようだ。

「これでいいのか!?」

「ああ、それでいい。ドンドン貼ってくれ」

「なんか楽しいな！」

ぺたぺたとシールを貼り付けて楽しそうなセラム。

子供が初めてシールの楽しさを知ったかのようだな。

セラムのはしゃぎっぷりを横目に見ながら、俺はシールを貼り付けた袋にナスを詰めていく。

「む？　シールがもうないぞ」

「シール貼りは終わりだ。袋詰めを手伝ってくれ」

「わかった」

シール貼り作業は一旦停止してセラムにも袋詰めを手伝ってもらう。

「五百グラムになったか？」

「うう、五十ほど足りないのだ」

「ははは、なら別のナスで試してみてくれ」

「ジン殿は先ほどから一切量っていないようだが、規定の重さに達しているのか？」

俺が笑いながら言うと、セラムが疑うような視線を向けてくる。

「経験者を舐《な》めるな。俺くらいになると量らなくても手で持っただけで大体の重さがわかるんだよ」

「では、載せてみせてほしい」

セラムの要望通りに袋詰めしたものをはかりに載せると、ばっちりと規定重量だった。

「規定重量ちょうど……さすがは経験者だな」

「当たり前だ」

とか言いつつ、あまりにもきっちり過ぎる数字が出てヒヤッとしたのは内緒だ。

あと数グラム低ければ恥をかいていたところだ。危ない。

袋詰めが終わると包装道具に差し込む。

ガッチャンッという音が響くと、袋詰めしたナスを綺麗に閉じることができた。

「ジン殿！　それは⁉」

「バッグシーラーっていう包装道具だ。やってみるか？」

「やる！」

キラキラとした瞳を向けてくるセラムに言ってみると、笑顔で頷いた。

好奇心旺盛だな。

「袋の先端部分をねじって細くし、ここの隙間にねじ込むんだ」

「こうか？」

セラムがバッグシーラーに袋の先端をねじ込むと、ガッチャンという音がして袋の先端が閉じられた。

「お、おおっ！　ジン殿、これも楽しいな！」

「気に入ったのならドンドンやってくれ」

この世界の道具が珍しいセラムにとっては、包装作業も実に新鮮で楽しいようだ。

そんなセラムに袋とじを任せ、俺は出来上がったものを段ボールに入れていく。

そうやって進行していると、あっという間に作業が終わった。

「この箱を軽トラの荷台に載せてくれるか？」

「ああ、白い鉄の馬車にだな！　わかった！」

そう頼むと、セラムが段ボールをまた一気に運んでくれる。

その間に俺は道具を片付け、軽トラの荷台に積み上げた段ボールにシートを被《かぶ》せ、走行中に落っこちないようにしっかりとロープで縛りつけた。

「後は出荷するだけだ」

「私も付いていこうか？」

軽トラに乗り込むと、セラムが運転席に近づいて言ってくる。

とは言われてもここから先にセラムが手伝えることはない。

こちらが想定していた以上にセラムは働いてくれた。遅くまで無駄に付き合わせるのも申し訳ない。

「いや、ここから先は俺一人で十分だ。付いてきてもらってもセラムが手伝えることがない。家で休んでいてくれ」

「そ、そうか……」

「もしかして、一人で留守番するのが寂しいのか？」

「そんなことはない！　私は子供ではないのだ！　では、行ってくるといい！」

しょんぼりとしていたのでからかうと、セラムはズンズンと歩いて家に戻っていった。

そうやってムキになるところがまだまだ子供だな。

とはいえ、一人で長時間留守番をさせるのも不安なので早めに帰ってくることにしよう。

そう思いながら俺は軽トラを走らせることにした。

8話 セラムが俺の嫁？

「ジン殿、少し散歩に行ってくる」

「一人でか？」

「うむ、この辺りの地形には疎いからな。少しでも早く把握しておきたいのだ」

セラムが一人で歩くことに不安がないでもないが、ここは東京のような大都会と違って田舎だ。一人で出歩いて迷子になることもないだろう。

「仕事までには戻ってこいよ」

「わかった！　では、行ってくる！」

許可を出すと、セラムは剣を腰に佩いて出ていった。

散歩でも帯剣するのか……。

異世界の騎士であるセラムは朝がとても早い。

それは朝が早いと言われる、農家の俺と同じかそれよりも早くに起きるのだからどれくらい早起きかわかるだろう。まあ、その分夜寝るのも子供並みに早いのだが。

ゆっくりと食べていた俺は一人で朝食を食べる。

食べ終わったら食器を洗って、今朝の朝刊を読んで、テレビをつけて天気予報を確認する。

そうやって仕事が始まるまでの時間をダラダラと過ごしていると、やがて仕事時間になった。

しかし、散歩に出かけたセラムが戻ってくることはない。

「……あいつどこまで散歩に行ってるんだ？」

仕事までには戻ってこいと言ったはずなんだがな……。

この世界の時計や時間についてセラムには教えてある。時計こそ持たせていないが、おおまかな時間の経過はわかると豪語していたのだが。

もしかして、道に迷っているんじゃないだろうか？

「仕方ない。ちょっと捜すか」

心配になった俺は家を出ることにした。

「ジンちゃん！」

裏手にある軽トラに乗ろうとすると声をかけられた。

振り返ると家の敷地の前に、穏やかな顔をしたお婆《ばあ》さんが立っていた。

「実里《みのり》さん、おはようございます」

「おはよう、ジンちゃん」

このお婆さんは関谷《せきや》実里さん。うちのお隣に住む農家だ。

隣とはいってもここは田舎なので、歩いて百メートルくらい先になるのだが。

ちなみに名前で呼ばないと怒られる。

「俺もいい歳《とし》なんで、ジンちゃんって呼ぶのはやめませんか？」

「いくら歳をとってもジンちゃんはジンちゃんさ」

「そうですか」

にっこりと人のいい笑みを浮かべながら言う実里さん。

実里さんは、赤ん坊の頃から俺のことを知っているので改めるつもりはないみたいだ。

呼び方を矯正させることはまだまだ難しそうだ。

「それより何のご用で？」

「ジンちゃんの嫁のセラムちゃん。うちでちょっとお手伝いをしてもらっているから、それを伝えにきたのさ」

「ああ、実里さんのところで手伝いを……道理で帰ってこないはずだ――って、嫁？」

今、聞き捨てならない言葉が聞こえた気がする。

真顔になって問い詰めると、実里さんはニヤリと笑う。

「ジンちゃんも隅に置けないねぇ。いつの間にあんな綺麗な嫁さんをもらったんだい？」

「いや、セラムは俺の嫁じゃないですよ」

セラムはうちで住み込みで働いている従業員だ。決して俺の嫁なんかじゃない。

「誤魔化さなくてもいいんだよ。セラムちゃんもそうだって言ってたんだし」

い。

「ええ？」

実里さんが邪推しているのかと思いきや、どうやらセラムがそのように言い張っているらしい。

一体、どういう経緯でそのようなことになっているのか。わけがわからない。

「ちょっと様子を見に行ってもいいですか？」

「ああ、いいよ」

状況を確かめるべく俺は実里さんの家に付いていくことにした。

百メートルほど道を歩いてたどり着いたのは、うちよりも大きく古めかしい家だ。

その屋根の上には、ゴムハンマーを手にして瓦を叩いているセラムがいた。

「おーい」

「ああっ、ジン殿。すまない。ミノリ殿に頼まれて屋根の修理をしている」

「本当はジンちゃんに頼もうと思っていたんだけどね。セラムちゃんが手伝ってくれるって言うから任せてみたのさ」

なるほど。散歩に出たセラムが手伝うことになった経緯はわかった。

騎士をやるほどに正義心が高いセラムだ、困っている老人を放っておけなかったのだろうな。

確かに老夫婦である関谷夫妻には辛《つら》い作業だ。

関谷夫婦の家の屋根は、土に瓦を載せたタイプで釘《くぎ》を使っていない古い瓦屋根だ。

だから時間が経つと瓦がずり落ちたりすることがある。

「というか、瓦屋根の修理なんてよくできるな？」

コンコンとゴムハンマーを用いて瓦をずらしていくセラムの姿はなかなか様になっている。

セラムのいた世界に、日本家屋と同じ瓦屋根があるように思えないのだが。

「シゲル殿が教えてくれたからな！」

「いやー、こんなに若くて綺麗な人なのに手際がいいもんだから驚いたよ」

屋根の下では実里さんの旦那である茂《しげる》さんがご機嫌そうに笑う。

「工兵としての訓練も受けていたからな。こういった作業は得意なんだ」

胸を張りながらどこか得意げに語るセラム。

実戦を経験している女騎士はこういった土木仕事も得意のようだ。

無駄にスペックが高い。

「『工兵？』」

「いや、なんでもない」

揃《そろ》って首を傾《かし》げる実里さんと茂さんを見て、慌てて作業に戻るセラム。

セラムが異世界人だと知っているのは俺だけなのでピンとくるはずもない。

俺は立てかけてある梯子《はしご》を上ると、セラムの傍に近づく。

「おい、セラム。実里さんから聞いたんだが、お前が俺の嫁だということになってるのはどういうことだ？」

率直に尋ねた瞬間、セラムが強く瓦を叩いた。

動揺したせいか力加減がとんでもないことになっており、一気に瓦がずれた気がする。

大丈夫かこれ？

「そ、そそ、それについては、成り行きというかなんというか……」

「一体どういう成り行きで嫁認定されるんだよ」

「ジン殿との関係を説明する時に困ってしまってな。ミノリ殿に嫁かと聞かれ、つい頷いてしまったのだ」

「いや、説明に困ったとしても嫁はないだろ」

「じゃあ、どう答えれば良かったのだ!? ミノリ殿とシゲル殿は幼い頃からジン殿のことを知っているのだろう？　下手な嘘はつけぬではないか！」

「うぐっ、そう言われればそうだが……」

異世界からやってきた騎士で、行く当てもないので住み込みで俺のところで働いています。なんて言えるわけもないし、言ったとしても信じてもらえないだろうな。

俺の過去や交友関係も知らない状態で迂闊な言い訳をすることもできない。

実里さんの問いかけに頷いてしまうのも無理もないか。

「今さら従業員と言ったところで信じてもらえないだろうな」

下からこちらを見上げてニヤニヤしてる関谷夫妻の様子を見れば、面白がっていることは明らかだ。

家族関係は完全に把握されているし、遠縁の親戚だと言い張ることもできない。

「……ジン殿は私が嫁と思われるのがそんなにもイヤなのか？」

「いや、イヤとかそういう問題じゃなくてなぁ。大体、セラムの方こそいいのか？　周囲から俺の嫁だと思われるんだぞ？」

「私が異世界人だということは周知させない方がいいのは何となくわかる。しかし、それを隠した状態でジン殿の家に住んでいる上手い言い訳が私には思いつかない」

「まあ、それもそうだな」

「私がジン殿の嫁として周知されることで、ジン殿に迷惑をかけず受け入れられるのであれば問題ないと思っている」

確かにそう言われると、悪くない案のようにも思える。

田舎というのは良くも悪くも外からの流入者に敏感だ。

下手な言い訳をして怪しい外国人だと思われるよりも、わかりやすく俺の嫁と言って飛び込んでもらった方が住民にとっても受け入れやすいだろう。

「そうか」

どうやらセラムも考えなしで言い張ったわけではないようだ。

大きな懸念点はセラムが俺の嫁扱いされて嫌がらないかどうかだが、そこに関しては問題ないらしい。

「ただし、ジン殿の嫁というのは建前だ！　そ、そそそ、そういった肉体関係は一切なしだからな！」

「当たり前だ！　誰が手を出すか！」

「うむ、それならいい。ジン殿の理性と良心を信用することにする」

セラムが嫁だというのは、あくまでここに溶け込むための建前だ。

それを逆手に取って関係を迫るなんて言語道断だ。男としてやるべきことではない。

そんな俺の心中を理解してか、セラムはそれ以上言うことなく再び手を動かし始めた。

●

「よし、こんなもんだな」

瓦がずり落ちないように漆喰《しっくい》で固定すると、瓦の応急処置は終了だ。

「シゲル殿、終わったぞ！」

「おお、ありがとう！　とても助かったよ！」

「とはいっても、これは応急処置ですからね？　いい加減、専門の業者に頼んで修理してもらった方がいいですよ」

「うん、考えておくよ」

などと言ってみるが、茂さんはにこやかに笑いながら適当な返事をする。

多分、次も俺たちに頼めばいいとか考えているな。

毎年こうやって言っているが、専門の業者を呼んだことは一度もないからな。

「二人とも冷たい緑茶とお菓子を用意したよ」

修理作業を終えて用具を片付けていると、実里さんがお盆を持って縁側にやってきた。

二人なりのお礼の気持ちなのだろう。ちょうど喉も渇いていたし、素直にいただくことにする。

しっかりと手を洗うと、セラムと一緒に縁側に腰かけた。

「これは何という食べ物なのだ？」

「これは羊羹《ようかん》。小豆をすり潰して、砂糖や寒天を加えて蒸して固めたものさ」

「なるほど」

茂さんの説明を聞いて、セラムが感心したように頷く。

多分、小豆自体を知らないのでよくわかってないだろうな。

「では、いただきます」

「はい、どうぞ」

スプーンを使って羊羹を小さく切り分けると、口へと運ぶ。

重厚な小豆の甘みが一気に押し寄せた。

「これ美味しいですね！」

「結構いいやつだからね」

驚きを露わにすると、実里さんが笑いながら言う。

道理で美味しいはずだ。

羊羹というともっとゼリーみたいに柔らかくて、薄味だと思っていたが想像以上に重厚な味だった。

柔らかいのも悪くはないが、俺はこれくらいどっしりとしていた方が好みだな。

一口食べて、冷たい緑茶を飲むと甘さが緩和されていく。

一仕事して汗を流した身体に、羊羹の甘さと緑茶の冷たさが染みるようだった。

そうやって羊羹を食べていると、セラムが静かなことに気付いた。

気になって視線をやってみると、セラムは表情をだらしなくさせていた。

「ジン殿……」

「なんだ？」

「この羊羹というのはとても美味しいなぁ」

「そ、そうか」

「私のいたところの菓子というのは、砂糖をふんだんに使ったものばかりで一口食べれば十分というものばかりであった。だが、この絶妙な甘味と風味を醸し出している羊羹はいくらでも食べられる」

羊羹というより、こっちの世界の甘味を気に入ったという感じだな。

そういえば、こっちでも昔のお菓子は砂糖を固めたようなものだったっけ。

一口食べれば、もういらないと思うようなお菓子しか食べたことがなければ、こっちのお菓子が極上のように思えるだろうな。

「あらあら、そんなに美味しそうに食べてもらえると出したこっちも嬉しいね！　良かったらもう一個食べるかい？」

「いいのか、ミノリ殿!?」

「水まんじゅうもあるけど食べるかい？」

「どんなものかわからないがいただきたい！」

実里さんと茂さんが次々と和菓子を持ってくる。

セラムの純粋な反応が面白いので餌付けしている感じだな。

「それにしても、ジンちゃんも良《い》いお嫁さんをもらったねぇ」

「本当だ。今時の若い者とは思えないくらいに素直で良い子じゃないか」

実里さんと茂さんの言葉に俺は思わず緑茶を噴き出しそうになった。

一緒に住んでいる理由付けとはいえ、嫁をもらったと言われるとビックリしてしまう。

とはいえ、セラムがここに馴染むためにこれからはそういう振る舞いをしないといけないのだろう。

「ええ、まあ。俺には勿体《もったい》ないくらいに良い嫁ですね」

なんて言うと、羊羹を口にしていたセラムが顔を真っ赤にする。

おい、理由付けとして一番自然だと言っていたのはお前なのに恥ずかしがるな。

「こんな可愛《かわい》い子、どこで見つけたんだい？」

「私たちに話してみなよ」

そんな素直なセラムの反応を見て、茂さんと実里さんが聞いてくる。

表情を見ると面白がっていることは明らかだ。

セラムを嫁にすれば、異世界人であることを隠しながらでもここに馴染める良い案だ。

しかし、こういう風にからかわれ続けることを考えると、もっと良い案があったのではないかと後悔の気持ちを抱かざるを得なかった。

9話 もしかして、ノーブラ？――

「よし、午前中の作業はこんなところだな。続きは夕方以降にしよう」

「む？　昼は仕事をしないのか？」

午前中の作業を切り上げて家に戻ると、セラムが首を傾げながら言った。

「これだけ暑いと日中作業するには危ないからな」

真夏の昼間は田舎といえど、恐ろしいほどに気温が上がる。

炎天下の中で作業するよりも気温が下がった頃に作業する方が安全だし、効率がいい。

勿論、それは仕事に余裕があればで、余裕がなければ炎天下の中でもやらざるを得ないのだが。

「セラムが手伝ってくれているお陰で仕事の進みも順調だし、気温が下がる夕方まではゆっくりしてていいぞ」

「そ、そうか」

そう言うと、セラムは若干嬉しそうに顔を緩めてタオルで汗を拭い始めた。

俺も同様にタオルで汗を拭い、冷蔵庫に入っている麦茶を取りに向かうと、ガラリと玄関の扉が開く音がした。

振り返ると、リビングにはセラムがいる。

「私じゃないぞ？」

「みたいだな」

セラム自身も突然扉が開いた音がしたことに驚いているようだった。

となると、誰かが勝手に開けて入ってきたのか。

不思議に思いながら玄関に向かうと、黒髪を中途半端に金に染めた男が立っていた。

耳にはピアスをつけており、涼しげなカッターシャツに短パン、サンダルといった真夏らしい装いだ。

険しい顔つきをしていた男は、俺を見ると表情をなつっこいものに変化させる。

「よお、ジン！」

「なんだ海斗《かいと》か……」

この田舎の輩《やから》みたいな格好をした男は、大場《おおば》海斗といって幼い頃から付き合いのある友人。

いわゆる幼馴染《おさななじみ》ってやつだ。

都内へ働きに出ていた頃は一切交流がなかったが、こちらに戻ってきてからはちょくちょくつるんでいる。

「で、なにしにきたんだ？」

「噂の外国人嫁ってやつを見にきた！　すっげえ美人なんだろ？」

用件を尋ねると、海斗が興奮したように言う。

「なんでお前が知ってるんだよ」

「実里さんから聞いた」

「昨日の今日だぞ!?　情報が広がるのが早い田舎といっても早過ぎるだろ！」

「生涯独身街道まっしぐらだったジンが嫁を取ったことにも驚いたし、その相手がなんと金髪の綺麗な外国人の嫁ときた！　そんなの面白がって皆広めるに決まってんだろ！」

その言い分からしてコイツも率先して広めた一人なんだろうな。

「ジン殿、客人か？」

心の中で海斗をしばく決意をしていると、リビングにいたセラムが顔を出してきた。

「ああ、こいつは友人の大場海斗ってやつだ」

「おお、ジン殿のご友人か！　はじめまして、私はセラフィムという。長いので気楽にセラムと呼んでくれて構わない」

「……カイト殿？」

セラムの自己紹介を聞いた海斗は呆然とした表情を浮かべていた。

いくら待っても返事がこないのでセラムが困惑する。

それから十秒ほど経過すると、固まっていた海斗がセラムに指を向けた。

「…………この人がジンの嫁？」

「まあ、そうだな」

改めてそう言われると、気恥ずかしいがそういうことになっているので誤魔化すわけにはいかない。

「こんな美人な嫁だなんて聞いてねえぞ！　なんだよ、それ！　羨ましい！　一体、どこで拾ってきたんだよ！」

「田んぼで拾った」

「はぁ!?　ふざけんな！　こんな可愛い子が収穫できるなら、俺だって喜んで農業やってやらぁ！」

事実を述べただけなのだが、冗談だと思ったらしく海斗が怒り狂う。

俺と同じく独身である海斗からすれば、裏切られた気持ちなのだろうな。

「すまんな」

「くっ、いつもだったら俺を煽《あお》ってくるくせになんだとその優しさは！　そんな真面目な言葉をかけるんじゃねえ！　余計に俺が惨めになる！」

セラムが本当に俺の嫁であるならば、海斗を煽ってやったところだが、実際はただの建前で本物の嫁というわけではない。

そういった罪悪感があるから故の無難な反応だったのが、海斗に誤解されてしまったようだ。

「ちょっと、おにぃー！　あたしに店番任されても困るんだけどー！」

崩れ落ちた海斗をどう宥《なだ》めるか考えていると、開いている扉からまたしても人が入ってきた。

「ジン殿、こちらの方は？」

「海斗の妹の夏帆《かほ》だ」

明るい茶色の髪に毛先を少しカールさせた田舎にしては垢抜《あかぬ》けた姿をしている女性は、海斗の妹である大場夏帆だ。

どうやら仕事を抜け出して遊びにきた兄を連れ戻しにきたらしい。

「すみません、うちの兄がお邪魔しちゃって……うわっ、この人がジンさんの嫁さん!?　めちゃくちゃ綺麗じゃん！」

セラムを見るなり驚きを露わにする夏帆。

反応からして夏帆もセラムのことを知っており、どんな人か気にしていたみたいだ。

「私はセラフィムという。セラムと呼んでくれ」

「海斗の妹の夏帆です。よろしくお願いしますね」

状況こそカオスであるが、夏帆との顔合わせは和やかに済んだようだ。

「ほら、おにぃ！　早く店に戻ってよ！」

「いや、俺はセラムさんと交流を深めるって使命が――」

「自分が継いだ店でしょ！　だったらちゃんと責任持ってやってよ！　ほら、帰った帰った」

「ちくしょう。ジン、また来るからな！」

夏帆に玄関から蹴り出された海斗は、そんな捨て台詞を吐くとトボトボと去っていった。

「店というのは？」

「あいつは駄菓子屋を経営してるんだ」

「菓子？　というと、昨日の羊羹や水まんじゅうのようなものを大量に作っているのか⁉」

「ちょっと違うが、たくさんお菓子を置いているのは間違いない」

「おお！　それはすごいな！」

すっかりとお菓子にハマったセラムが瞳を輝かせる。

彼女の脳裏では、きっと和菓子ばかり並べられているお店が想像されているのだろうな。

「……ねえ、ジンさん。ちょっとこっち来て」

「どうした？」

やけに真剣な顔をした夏帆に呼ばれた俺は、そろそろと近づく。

堂々と話さない様子を見ると、セラムには聞かれたくない話題なのだろう。

もしかして、あまりにもセラムが綺麗過ぎるから結婚詐欺のようなものを疑われているのだろうか。

だとしたら、誤解を解いておかないとな。

「セラムさん、下着つけてなくない？」

まったく予想外の角度から投げつけられた夏帆の指摘に身体が震えた。

畑作業を終えたばかりのセラムは昔の俺のジャージを纏っている。

その胸元では柔らかそうな膨らみが生地を押し上げ、激しく主張していた。

ノーブラであると。

「…………そうだな」

気付いていることを肯定した瞬間、夏帆の視線がとても冷たいものに変化した。

「気付いていて放置していたの？　もしかして、そういうプレイを楽しんでるわけ？」

「そうじゃない！　ちょっと複雑な理由があって用意できなくてな。早く用意しないといけないことはわかっていたが、どうにも言い出せなくてな。あいつは日本に慣れていないし、一人で買い物に行かせるわけにはいかないから」

あらぬ誤解をかけられそうになった俺は必死に弁明する。

自分の嫁にノーブラを強要する変態扱いされるのはゴメンだった。

決してそういう邪《よこしま》な気持ちで放置していたわけじゃない。

「なら、付いていってあげればいいじゃん――って思ったけど、下着となると付き添うのも恥ずかしいよね。ジンさん、こういうの苦手だし」

きちんと弁明すると、夏帆の視線は徐々に温かみを戻してくれた。

幼馴染である海斗の妹だけあって彼女とも付き合いが長い。さすがに俺がそんなことをする変態ではないと理解してくれたようだ。本当に良かった。

「わかった。なら、あたしがセラムさんの買い物に付き合ってあげる」

「本当か！　それは助かる！」

「その代わり、あたしも欲しい服があるなーって……」

顔を斜めにして上目遣いをしてくる夏帆。

自分の顔をどの角度で見せれば可愛らしく見えるか把握しているな。実にあざとい。

セラムの買い物を付き合ってくれるのだ。それくらいの出費は許容するべきだろう。

「あんまり高いのは勘弁してくれよ？」

「やった！　わかってるわかってる。良識の範囲内のものにするから」

こうやって足元を見てくるあたり、良識があるかどうかは疑わしいものだな。

10話 女騎士とショッピングモール――

契約が成立すると、夏帆には自分の家にある車を取りに戻ってもらった。

うちには軽トラしかない。こちらは二人用なので三人で遠出するには不向きだからな。

大場家の車なら六人は乗ることができる。遠出するにはそっちの車を使った方が良い。

「セラム、これから買い物に行くぞ」

状況を理解していないセラムにこれからの予定を告げる。

のんびりしていていいと言った手前申し訳ないが、セラムの服を揃えるのは急務だ。

「それはいいが、何を買いにいくのだ？」

「主なものはセラムの服だな。男物の服しかないのも困るだろう？」

「ジン殿の服はとても質がいいので、私はこれでも構わないのだが……」

さわさわとジャージに触れながら答えるセラム。

あまり衣服には無頓着なタイプなのか、本当に困っていないといった様子だ。

とはいえ、ずっと男ものの服ばかり着させていては、周りの人にどんな目で見られることやら。

「セラムが困らなくても俺が困ることになる。それに生活必需品も買いたいから買い物に行くのは決定だ」

「わかった」

決定事項だと伝えると、セラムは納得したように頷いた。

軽くシャワーを浴びて汗を流すと、寝室に移動して作業着から私服に着替える。

リビングに戻ると、セラムがギョッとしたような顔をした。

「なんだ？」

「……いや、ジン殿の外出用の服を見るのは初めてなので驚いてだな」

「あー、普段は作業着かラフな服しか着てないからな」

とはいっても、今の服装はネイビーのトップスにチノパン、サンダルといった夏の楽ちんコーディネートだ。

たったこれだけの装いでオシャレだなんていったら、オシャレをしている人に怒られそうだ。

次にセラムがシャワーを浴びて、元のジャージを纏ったところで外から車のクラクションが聞こえた。夏帆が家の車を持ってきてくれたみたいだ。

「はい！　それじゃあ、運転よろしく！」

「へいへい」

運転席に座っていたのだから、そのまま運転してくれよ。と思わないでもないが、今回はセラムの買い物に付き合ってもらう身なので文句を言わず運転役に甘んじることにした。

「ジン殿の車とは随分違うのだな」

「あれは運送車で人を乗せて運ぶのには向いてないからな」

普段とは違う車にドギマギしながらもセラムは後部座席に座る。

「セラムさん、シートベルトしとかないと危ないよ？」

「しーとべると？」

「ほら、ここにあるベルトを引っ張って座席に固定するの——って、思っていた以上に大きいわね」

セラムの身体にシートベルトが装着されると、ちょうど豊かな胸元が強調されることになった。ノーブラなせいかよりくっきりと大きさと形がわかってしまう。

ミラー越しに見えてしまった光景から目を離し、俺は心を落ち着けるためにハンドルを握った。

「それじゃあ、行くぞ」

エンジンが唸《うな》り、ゆっくりと車が進んでいく。

セラムは軽トラの荷台には乗ったことがあるが、助手席や後部座席には乗ったことがない。

妙な反応をしないか不安だったが、俺が何度も軽トラを走らせていることや、荷台に乗った経験があったお陰でそれほど動じている様子はなさそうだ。

ただ過ぎ去っていく景色が物珍しいのか、外の景色を食い入るように眺めている。

運転席にあるボタンを操作して、セラムの傍の窓を開けてやると驚いたような顔をした。

「風が気持ちいいなぁ」

外から車内に吹き込んでくる風が、セラムの金糸のような髪をたなびかせた。

そんな光景ですら美しい絵画や映画の一シーンのようで様になっているな。

「……運転手さん、ちゃんと前見てね」

「わかってる」

ミラー越しにセラムを見ているのを夏帆に咎《とが》められ、俺はきっちりと前を見据えた。

まったく人が通らない真っすぐだけの道とはいえ、油断は禁物だ。

安全運転を心掛けないとな。

●

家から車を走らせること一時間弱。

俺たちは目的地であるショッピングモールへとやってきた。

ちょっとした服を買うのであれば、ここまで遠い場所にこなくても良かったが、今回はセラムの服を揃える必要があったからな。

ガッツリと衣服を揃えるなら、ここまでやってこないといけない。田舎あるあるだ。

「ジン殿、たくさんの人と大きな建物が並んでいる！　ここは間違いなく都会だな!?」

車を降りるなりセラムが目を輝かせて叫ぶ。

典型的な田舎から出てきた奴の反応だ。子供の頃の自分を見ているようで恥ずかしい。

「いや、郊外……というかここも田舎だな。都心に近づいてきているのは間違いないが」

「これだけたくさんの人がいて田舎だと？　この国はどれほど栄えているというのだ……」

きっぱりと告げると、セラムが戦慄したような顔になる。

きっとセラムの世界とは総人口の数字がそもそも違うのだろうな。

「なんだかセラムさん、初めてショッピングモールに来たような反応ね」

夏帆の鋭い一言に思わず肩が震えてしまう。

「日本の光景が珍しいんだろう。元々住んでいた場所も結構な田舎だったみたいだしな」

「ふーん、そうなんだ」

「色々とわからないことが多いと思うが面倒を見てやってくれ」

「わかった」

ここで素直に頷いてくれるあたり、なんだかんだといって夏帆も面倒見がいいな。

夏帆に根回しをしたところで俺はすっかり浮かれているセラムに囁《ささや》く。

「はじめての場所ではしゃぐ気持ちはわかるが、今日は夏帆もいるんだ。あまり変なことは喋《しゃべ》るなよ？」

「うっ、わかった。気を付ける」

夏帆のいる前であまり異世界がどうたらと言うと、確実に変に思われるからな。

できるだけそういった言動は控えてほしい。

駐車場から歩いてモール内に入ると、左側には喫茶店、右側には飲食店がズラリと続いた。

現段階でどちらにも用はないので、無視をして歩いていく。

「レディースの服が集まってるのは何階だ？」

何度か買ったことのあるメンズのファッション店ならどの辺りにあるかわかるが、レディースのファッション店に関してはどの辺をうろつけばいいのかわからない。

「三階の奥だよ、その辺に行けば、あんまり移動せずに買い物できるよ」

掲示板を見ようとしたが夏帆がスッと歩きながら教えてくれた。

さすがは女性。こういう時も頼りになる。

夏帆のアドバイスに従って、俺たちは三階へと向かうことに。

真っ白な床を踏みしめて進むとエスカレーターがあるので、それを使うことにする。

「……ジン殿、あの動く床はなんだ？」

列に並んでいるとセラムが声を潜めながら尋ねてくる。

「エスカレーターだ。黄色い枠の中に立っているだけで上に運んでくれる」

「本当だ。人がドンドンと運ばれていく。珍妙な光景だ」

幸いにして列ができていることで前の人の様子を眺めることができた。

そのお陰でセラムは夏帆や俺が乗るのを真似するように自然に乗ることができた。

そして、何事もなく二階にたどり着いた。

セラムは運動神経がいいので、降りる際に躓《つまず》いたり、転んだりしなかった。

「こんな感じだ」

「ああ、これがあれば物資の輸送がどれほど楽だったか……」

文明の利器を使用して、何か色々と思うところがあったらしい。

異世界でもこういった大きな建物があって、そこではすべての階層移動が階段だと考えると
なかなかに地獄だろうな。

深く尋ねることはせず、もう一度エスカレーターに乗った。

11話 衣服の買い物

「なあ、ジン殿。なんだか妙に見られている気がするのだが……」

エスカレーターに乗っていると、セラムが少し居心地悪そうな顔で言う。

セラムが注目を集めていたのはモール内に入ってすぐからだったが、落ち着いて周囲を見ることができるようになって気付いたようだ。

「この辺りじゃセラムのような見た目をした人はあんまりいないからな。物珍しいんだろう」

「そ、そうか」

「あと、帯剣してるし」

「剣は私の命も同然だ！　これを置いていくなどできない！」

「いや、別に置いてこいなんて言ってねえよ」

勿論、そういった面もあるが、正しくはセラムの美人さに見惚れているといったところだろうな。

観光客が増えて、色々なところで外国人を見るようになったが、セラムほどの美人は滅多にお目にかかることができない。テレビや映画といった画面越しくらいなものだ。視線を集めてしまうのはしょうがない部分もあるだろう。

「むう、よく見ると周りの若い女性たちは、皆綺麗な服を着ている。もしかして、私のこの服装は場違いなのだろうか？」

冷静に観察することでセラムは周囲との違いに気付いたようだ。

「学生が運動や作業をするために着る服だからね。外出する服としては不適切かな」

「そ、そうだったのか……」

「まあ、それを買うためにここに来てるんだから、今日はたくさんオシャレな服を買いましょう！」

「そ、そうだな！　こういったことには不慣れだが、カホ殿よろしく頼む」

「あはは、なんか武士みたい」

セラムの改まった態度に夏帆が笑った。

二人の相性は良いようなので買い物に関しては心配なさそうだ。

三階にたどり着き、フロアを歩いていくと次第に並んでいる店がレディースばかりになる。

この辺りになると客層が女性やファミリー、カップルばかりなので男としては少し居心地が悪い。

そして、最大の目的地と言える下着売り場にたどり着いてしまった。

オシャレっぽく見える感じで崩された英語の看板。メンズの店の内装とは違い、淡いピンクの色合いを使った内装が、ここは女性の聖域であると主張しているようだった。

「ここは？」

華やかな店の内装に俺だけでなく、セラムも若干戸惑っているみたいだ。

異世界ではこういった下着屋とかなかったのだろうか。

「下着売り場よ。ここでセラムさんの下着を買いましょう」

「お、おお、わかった」

夏帆が店内に入り、セラムも後に続いて入っていく。

「それじゃあ、俺は適当にうろついて待ってるから」

そんな二人を見送って別行動をしようとしたら、セラムが引き留めてくる。

「ジン殿は来てくれないのか!?」

「男が入店するのはマズいだろ」

不安な気持ちはわかるが、さすがにそれは難しい。

「一人でうろうろせず、フィッティングルームの近くに行かなかったら問題はないっぽいけど、さすがにそれはジンさんが可哀想《かわいそう》だしね。不安なら店内から見える範囲で待機してもらえば？」

「それはそれで不審者なんじゃ……」

「嫁さんなんでしょ？　もうちょっとドッシリ構えて付き合ってあげなよ」

そう言われると、弱いのが今の立場だな。

「……あそこでちゃんと待ってるから、しっかり買ってこい」

「わかった」

そう伝えると、セラムは安心したような笑みを浮かべて店内に入っていった。

「可愛いお嫁さんだね」

そんな俺たちの姿を見て、夏帆がからかってくるのでシッシと手を振って追い払う。

「うるさい。さっさと買ってこい」

しかし、夏帆は立ち去ることなく、留《とど》まって手を差し出してきた。

「お金……」

「エスカレーターで渡しただろ？」

セラムの衣服にかかるだろうお金は、移動中に封筒に入れて夏帆に渡してある。

「女性の下着舐め過ぎ。あれっぽっちで足りるわけないじゃん」

どうやら金額が足りなかったらしい。そんなにも金がかかるのか。

女性の下着なんて買ったことも、値段を気にしたこともないのでわかるか。

俺は財布から万札を数枚取り出して、夏帆に渡す。

すると、彼女は満足したように頷いて店内に入った。

下着屋にたどり着いて一時間後。ようやく二人が店から出てきた。

満足そうな笑みを浮かべ、ロゴの入った紙バッグを手にしているセラム。

長くても三十分程度だと思っていただけに、待機していた俺はとても疲労を感じていた。

「……遅くないか？」

「女性の買い物は時間がかかるものなの。これでも配慮して急いだ方なんだから」

思わず夏帆に文句を言うも、サラリと流されてしまった。

そういえば、女性の買い物とは時間がかかるものだったな。長い間、女性と買い物に行っていなかったからすっかりと忘れていた。

「ちゃんと買えたか？」

「うむ！　ブラジャーというものはすごいな！　こう胸がしっかりと収まって動きやすく――」

「言わなくていいから」

自らの胸を持ち上げながら興奮したように喋るセラム。

俺が静止させると、我に返ったようで顔を真っ赤に染めた。

「す、すまない。はしたなかった」

ずっと女性同士で喋っていたせいで恥じらいの感覚が麻痺《まひ》していたのだろう。

さっきまでずっと下着について夏帆や店員と話していたわけなのでしょうがない。

とりあえず、これでノーブラ状態は脱却できたので喜ぶべきだろう。

「下着は無事に買えたし、次は外用の衣服ね」

「そうだな」

妙な空気になったが、夏帆が話題の転換をしてくれたので素直に乗っておく。

こちらなら下着売り場と違って、男がいても居心地が悪くならないので助かる。

「家にはどんな服があるの？」

「セラムの服は、ほとんど何もないに等しい状態だな。ここにやってくる時にあまり荷物は持ってこられなかったみたいだから」

「なら、ほとんど一から揃えないとね」

「できれば安くしてくれると助かるんだが……」

下着屋で使った金額と同程度で買われると、うちの貯金がかなり目減りすることになる。

申し訳ないがそれは勘弁してもらいたいところだ。

「わかってる。さすがにブランドなんかで揃えたら、金額がシャレにならないから、できるだけ安くていいもので揃えてみせるよ」

「夏帆……ッ！」

「そうすれば、心置きなく私も高い服が買えるわけだし」

俺の尊敬と感謝の気持ちを返してほしい。

だけど、できる限り出費を抑えて揃えてくれるのは助かる。

「やっぱり、安くていいものを揃えるならユニシロね」

セラムの服を揃えるとのことで最初に入ったのは、ファッション業界でも大手とも言われるユニシロだ。

高品質でありながらファッション性の高い衣服を揃えており、それでいて値段もお手頃という庶民の財布に大変ありがたいファッション店だ。

俺もよくお世話になっている。

「あっ！　あっちでTシャツとパンツがセールになってる！　セラムさん、ちょっと来て！」

「わ、わかった！」

夏帆はセール棚を見つけると、セラムの手を引っ張って移動する。

並んでいるTシャツを手に取ると、セラムの身体にピッタリと合わせて、サイズや色味を確認。良さそうなものを見つけるとセラムは自分で手に取って、鏡の前で合わせてみたりしている。

ああやって買い物をしている姿を見ると、セラムが異世界人だなんて思えないな。

「あっちは任せるか」

女性の買い物は女性同士に任せるに限る。
仲が良さそうな二人の様子を見て、俺は一人で適当に店内を散策することにした。

12話　試着

ユニシロでの買い物を終えると、セラムの手には大きな紙バッグが二つ下げられていた。

「……結構、買い込んだな」

「衣服を一通り揃えるとなると、それなりの数になるしね。本当はもっと買いたかったんだけど――」

「こ、これだけあれば十分だ。これ以上はジン殿の負担になることだし……」

「セラムさんがこんな風に遠慮するから」

夏帆としてはもうちょっと買っておきたかったようだが、セラムに拒否されてしまったようだ。

自分の稼いだお金ではない以上、セラムが遠慮してしまう気持ちは非常にわかる。

下着と衣服代を合わせた金額は、セラムがお手伝いとして稼いでいるお金を優に越えているからな。

「とりあえず生活できる分が買えたのならいいだろう。普通の服なら、また俺が一緒に買いに来てやれるわけだし」

「まあ、そうだね」

夏帆の納得した様子を見て、セラムはホッとしたように息を吐いた。

「このまま移動するのは面倒だな。一旦、車に荷物を置きに行くか」

「私なら大丈夫だぞ？　これくらいなら一日中持ち歩いていられる」

「セラムは平気でも他の人の邪魔になる」

これだけ大きい紙バッグを二つも持ち歩いていると、通行人の邪魔になる。

それに俺も少しだけ服を買い足したので、素直に荷物を置きに行きたい。

そんなわけで駐車場へと戻り、買った衣服類だけを置いてまたモール内に戻る。

「さて、これで衣服の買い物は済んだな。各々、必要な日用品を買うことに――」

「ちょっと。あたしへの報酬忘れてない？」

言葉の途中で夏帆が俺の袖を引っ張りながら言う。

笑みを浮かべてはいるが目はまったく笑っていない。妙な圧力を感じる。

「冗談だって。ちゃんと買ってやるよ」

「わーい！　ごめんね、セラムちゃん。そういうわけで、あたしの行きたいお店に付き合ってくれる？」

「勿論だ。カホ殿には色々と助言をしてもらったからな」

「ありがとう！」

頷いてやると途端に笑顔ではしゃぎ出す夏帆。

その変わり身の早さが恐ろしい。

セラムの了承を取ると、夏帆は足早にフロアを突き進んでいき、四階にあるレディースファッション店にやってきた。

オシャレ過ぎて、逆にロゴが読めない。なんて読むんだ。

「……高い店じゃないだろうな？」

「大丈夫。ここはそこまで高いところじゃないから」

夏帆に尋ねつつも、傍にあるシャツの値段をそれとなく確かめる。

ユニシロのように安いわけではないが、シャツ単体で数万するような値段ではない。

ひとまず、そのことに安心した。

レディース店なので店内には女性が多いが、付き添いらしき男性も数人いるので居心地が悪いということはなさそうだ。とはいえ、一人で物色していると不審者のそしりを受けかねないので夏帆とセラムの傍から離れないようにする。

夏帆は何度も訪れているのか慣れた様子で服を物色。

そんな様子とは正反対にセラムと俺はおそるおそるといった様子で付いていく。

「ユニシロとは随分と様子が違うのだな」

「あっちは大衆店だからな」

女性のセラムでも華やかな店内に驚いているようだ。

それでも綺麗な服があれば気になるらしく、飾ってある服を手に取ってみたり、触ってみたりしている。

意外とオシャレが好きだったりするのだろうか？

「セラムさん、そのワンピースが気になるの？」

「そ、そそ、そんなことはない！　大体、私にはこんな可愛い服は似合わない！」

夏帆が声をかけると、セラムがブンブンと首を横に振った。

彼女が触っていたのは淡い青色をしたワンピースだ。

「ええ？　スタイルいいのになに言ってるの？　似合うに決まってるじゃん！　ちょっと試着してみよ！」

「待ってくれ。ここにはカホ殿の服を買いにきたのではないのか!?」

「試着するのはタダなんだから着てみなよ！　ほら、私も試着するし！」

服を手にした夏帆に連れていかれそうになっているセラムが、助けを求めるような視線を向けてくる。

俺はそれにあえて気付かないフリをして休憩用の椅子に腰を下ろした。

背後から「ジン殿ー！」という声が聞こえてきた気がするが聞こえないフリだ。

「ジンさん、見て見て！」

スマホでここ一週間の天気を確認していると、試着室から夏帆が出てきた。

夏帆は薄手のニットの上に黒いスポーティーなアウターを羽織っており、山吹色のロングスカートを穿《は》いている。秋の装いといったところだ。

「そのアウター、大きすぎるんじゃないか？」

「最近はこういったロング丈のものが流行ってるの！　これもオシャレ！」

指摘すると、夏帆はひと差し指を立てて横に振る。

わかってないなコイツといった顔が少し腹立たしい。

とはいえ、夏帆と違って頻繁に都会に出ていない俺からすれば、最近の流行と言われると何も言えなかった。

「というか、セラムはまだか？」

一通り、夏帆の服装を眺めて雑談をしていたが、セラムが一向に出てこない。

夏帆と違って全身着替えるわけではないので、そこまで時間がかかるわけじゃないと思うが、何に手間取っているのやら。

「ちょっと様子見てくる」

心配になった夏帆が試着室の方に様子を見に行く。

「うわっ！　すっごい綺麗じゃん！　ジンさんに見せにいこうよ！」

「ま、待ってくれ！　ジン殿に見せるのは恥ずかしい！」

どうやら試着はとっくにできているようだが、恥ずかしくて出てこられないようだ。

夏帆とセラムが試着室で言い合いをすること五分。

根負けしたらしいセラムが試着室から出てきた。

淡い青色のワンピースはセラムの金色の髪と白い肌に馴染んでいた。

夏帆が言うようにスタイルがとてもいいからか、それ一つで随分と様になっている。

ただ、唯一の違和感は手に持たれた剣だろうか。これがせめて日傘などのオシャレアイテムであれば、深窓の令嬢といった評価になっただろう。

本人にとっては着慣れない服のせいか、とても恥ずかしそうだ。

「どうジンさん?」

夏帆が若干圧のこもった視線を向けてくる。

さすがに俺でもどういった感想を期待されているかわかる。

「綺麗だな。似合ってると思う」

「そ、そうか」

素直に感じた言葉を述べると、セラムは顔を真っ赤にして俯いた。

こういった言葉をかけられるのはあまり慣れていないらしい。これだけ綺麗なのに意外だ。

「私の時は一切褒めてくれなかったのになぁ」

セラムの初心《うぶ》な反応に驚いていると、夏帆がジトッとした視線を向けてくる。

「夏帆も可愛いと思う」

「棒読みの感想をありがとう」

露骨に褒めろと言われると、褒める気持ちが萎える。これは仕方ないだろう。

その後も何度か夏帆は試着を繰り返し、それに付き合わされるようにセラムも試着を繰り返す。

最初は恥ずかしがっていたセラムだが、やはりオシャレをするのは嫌いではなく、途中から

は楽しんで試着しているように見えた。

「うん。やっぱり最初のアウターかな」

そうやって一時間半が経過すると、ようやく夏帆は欲しいものを決めたようだ。

じゃあ、今までの試着の時間はなんだったのだと思ったが、それを突っ込むと機嫌を損ねる

ことはわかっているので言わない。

「わかった。なら、会計してくる」

「これ、私のポイントカードだからよろしく」

「へいへい」

「ねえ……」

ポイントカードを受け取ると、夏帆が真面目な顔で何かを言おうとする。

「わかってる。もうレジに持っていってる。一緒に精算するつもりだ」

「おおー！　ジンさんなのに気が利いてる！」

「うるさい。さっさと着替えてこい」

むしゃくしゃした気持ちを込めるように夏帆の背中を試着室に押した。

レディーの扱いがなってないなどとの抗議は聞き流し、先にレジで精算を済ませる。

が、その前に夏帆のアウターの値段を確認だ。

「二万円か……」

大学生の報酬としてはちょい高めだが、セラムのために色々と考えてコーディネートしてくれたことを考えると妥当ではあるか。

俺が難色を示さないラインを狙ってくるのが上手いな。

きっと、夏帆は社会に出ても上手くやっていけるだろうな。

精算が終わる頃には、ちょうど元の服装に着替え終わった夏帆とセラムが出てくる。

「ほい、今日付き合ってくれた報酬だ」

「ありがとう！　いやー、今月はお小遣いが足りなかったから助かったよ！」

少し早いが先に報酬を渡すと、夏帆が嬉しそうにロゴの入った紙バッグを抱えた。

「で、セラムにはこれだ」

「私にも？」

もう一つの紙バッグを差し出すと、セラムは怪訝な顔をしながら中を覗き込む。

「これは最初に試着した服ではないか！　ジン殿、私は頼んでないのだが……」

「そうだな。俺が買ってあげたいと思ったから買ってやった。それでいいだろ？」

「……ジン殿、ありがとう。大切にする」

きっぱりと告げると、遠慮していたセラムは嬉しそうに笑った。

それからワンピースの入ったバッグを大事そうに抱える。

ちゃんと受け取ってもらえて良かった。

さすがに服が全部ユニシロっていうのもな。

少しくらい気合いの入った外出用の服を持っていてもいいだろう。

セラムだって女の子なんだし。

13話　フードコート

「お腹空いたー！」

ファッション店を出るなり夏帆が言った。

セラムも同意するように頷いている。

時計を見てみると、時刻は十四時を過ぎていた。

お腹が空くのも当然だろう。

「昼飯でも食べるか」

「どこで食べる？」

「フードコート」

「えぇー」

「ちなみに飯は自腹な」

「ならフードコート一択だね」

フードコートという選択に不満げな夏帆だったが、奢《おご》りではないことを告げると華麗に手の平を返した。

「ふーどこーととは一体どのようなところなのだ？」

「説明してもいいが、もうすぐそこだから見た方が早い」

フードコートはファッション店と同じフロアなので、説明する前にたどり着いた。

開けたフロアにはたくさんの椅子やテーブルが並んでおり、それを取り囲むように様々な飲食店が並んでいる。

「おお！　たくさんの店が並んでいる！　ここにあるすべてが料理屋なのか!?」

フードコートを目にしたセラムが驚愕《きょうがく》の声を上げながら言う。

「ああ、好きな店で料理を頼んで、空いている席に座って勝手に食べるシステムだ」

「これだけ店が多いと、何を食べるか迷ってしまうな」

システムを説明すると、セラムがフラフラと歩き出して店を物色し始める。

とりあえず、一周ほどグルッと回って決めるつもりなのだろう。

「あたし先に頼んで席取っておくから」

「頼んだ」

夏帆はパパッと食べたいものを決めたようで天丼屋の店に並んだ。

俺は飲食店を見て回るセラムの後ろをついていき、時折セラムに料理の説明をしていく。

「食べたいものは決まったか？」

「ううー、魅力的で迷ってしまう。どれも美味しそうなんだ」

頭を抱えて唸り声を上げるセラム。

「だったら普段家じゃ食べられないものを頼んでみるっていうのはどうだ？」

「私たちの家で普段食べられないもの……それはパンだ！」

「ああ、うちはご飯中心だからな」

俺の好みが完全な和食なので、家にはパン一つ置いていなかった。

「ご飯も美味しいが、久しぶりにパンが食べたい！」

「パンか……」

想像するのはパンに合うような洋食メニューだが、生憎とフードコート内にそういった飲食店はない。

しかし、世界的に有名なハンバーガー店はあった。

あれも立派なパン料理と言えるだろう。

「だったら、あそこのハンバーガー店なんてどうだ？」

「はんばーがーというのは？」

「パンに肉や野菜などを挟んだサンドイッチみたいなものだ」

「おお、それはいいな！　では、それにしてみよう！」

大雑把に概要を伝えると、セラムは列に並んだ。

「よし、じゃあお金を渡すから一人で食べたいものを注文してみろ」

「ええ!?　ジン殿が頼んでくれるのではないのか!?」

「一人で買い物をする練習だ。ちゃんと傍にいてやるから」

「わ、わかった。やってみる」

セラムには既に貨幣については教えてある。

この世界で自立して生きていくためにも一人で買い物ができるようになった方がいいだろう。今回は夏帆が付き添ってくれたが、下着などの女性特有の必需品を買う時に俺が付き添うわけにはいかないからな。

元の世界でも算術を学んでいて実用性のある計算はできるので、一人で買い物もできるはずだ。

「いらっしゃいませ！　ご注文はいかがなさいますか？」

「ひゃいっ！　え、えっと、どれが美味しいハンバーガーなのだ？」

なんだか第一声から心配になってきた。メニューに載ってある以上、美味しくないハンバーガーなんてないだろう。

なんだコイツはと思うところであるが、セラムは外国人のような見た目もあって店員さんの視線はとても優しいものだった。

「そうですね。こちらの照り焼きバーガーが一番人気ですよ」

「では、それにする」

「セットにするとお得ですが、どういたしますか？」

「せっと？」

「ジャガイモを揚げたポテトって料理と飲み物も付いてくるんだ。セットにすると安くなるから頼んでおけ」

未知のシステムにセラムが停止したところで、俺が助け舟を出した。

「では、セットで頼む」

「ポテトのサイズはいかがいたしますか？　S、M、Lの三種類あります」

「む？　この大きいLとやらでも値段が変わらないのであれば、Lだ」

「かしこまりました。こちらからドリンクを選んでください」

「……ジン殿、飲み物がまったくわからないのだが……」

ポテトのサイズは無事に通過したセラムだが、ドリンクで躓いた。

メニューにはドリンクの代名詞とも言えるラベルと名称が書かれているが、異世界人であるセラムにピンとくるはずもなかった。

「このオレンジジュースにしておけ」

「わかった。オレンジジュースで頼む」

「かしこまりました」

そうやってところどころ助言をしていくと、無事にセラムは会計を終えることができた。

「ふう、こちらの世界での買い物はなかなかに緊張するな。品数が多くて煩雑だ」

「まあ、これも慣れだな。一度注文すれば、慣れるもんだ」

「そうだな。私はセットという概念を学んだ。次はもっとスムーズに注文ができるはずだぞ」

鼻息を漏らし、妙に満足げな様子で拳を握るセラム。

放っておくとなんでもかんでもセットをつけて、値段が高くなる未来が見えそうだな。

まあ、その時はその時でいい勉強になるだろう。

「それじゃあ、俺も自分の料理を頼んでくる。ハンバーガーを受け取ったら、夏帆が座ってるあそこのテーブルに集合な」

視線の先ではちょうど天丼のトレーをテーブルに置いて、四人掛けのテーブルに着席する夏帆の姿が見えた。

こくりと頷くセラムの様子を確認し、俺は自分の食べたい料理を注文しに行くことにした。

●

注文を受け取り、夏帆とセラムの座っているテーブルに着席する。

そこではセラムがお行儀よく待機していた。

「先に食べていても良かったんだぞ？」

「ジン殿に付き添ってもらいながら先に食べるのは気が引けてな。私が待ちたかっただけだから気にしないでくれ」

「そうか」

温かいうちに食べるのが一番だが、先に食べるのが気が引けると思うなら無理に食べろというわけにもいかないか。

相変わらずセラムは義理堅くて真面目だな。俺としてはもうちょっと気を抜いてくれてもいいと思うのだけどな。

「セラムさん、なんて健気《けなげ》なんだろ。ジンさん、本当に良いお嫁さんをゲットしたね」

「そ、そそ、そうか？」

……嫁設定を自分で考えたくせに顔を真っ赤にするセラム。

俺は段々と慣れてきたが、まだセラムは不意打ちされると弱いみたいだ。

「逆にお前はもうちょっと配慮しろ」

セラムとは正反対に夏帆は天丼をもりもりと食べていた。

「天丼は熱い内に食べるのが美味しいから」

「だからって食うのが早すぎだろ」

どんぶりには三分の一ほどしか残っていない。

俺が着席した頃に食べ終わりそうって、どんだけ食べるのが早いんだ。

「さて、食うか」

「うむ」

俺が着席し手を合わせると、セラムも行儀よく手を合わせた。

まだこちらにやってきて日が浅いが、「いただきます」だけは妙に様になっている気がするセラムだった。

手を合わせ終えると、セラムが包装紙を手で剥いてハンバーガーを一口。

すると、セラムが驚きに目を見開いた。

「なんてフワフワなパンなのだ！　口辺りがとても柔らかく、小麦の風味が一気に広がる！

こんなに美味しいパンは食べたことがない！」

「具材よりそっちの味に驚くって、セラムさんの感想が面白いんだけど」

「勿論、具材との相性も素晴らしいが、こんなに柔らかくて風味が豊かなパンがあるとは……」

「まあ、世界的に大人気なチェーン店だからね。冷静に考えると、いいパン使ってるよね」

パンのあまりのクオリティの高さに、セラムの異世界節が出てしまったが、夏帆は特に気にすることなく笑っていた。

まあ、ハンバーガーを食べて、パンの味に着目する人は珍しいと思う。

「これは美味しい。鶏肉《とりにく》とタレの組み合わせが抜群だ。あの店で一番の人気を誇るというのも納得だ」

はむはむとハンバーガーを食べ進めながら感想を漏らすセラム。

やはり、故郷でも食べ慣れていた食材だけあって、食の進みがいいように思える。

セラムにとってはパンも故郷の味だ。

後で食材を買う時にパンも一緒に買ってやるか。

セラムが問題なく食べ進める中、俺も注文したざるうどんを食べる。

つゆに白髪ネギ、ゴマ、海苔、ワサビを入れると、麺を少し浸してすする。

カップ麺や家で茹でる市販の麺とは、やはりコシが違うな。

綺麗に麺がすすれるし、食べるとしっかりと麺の風味と味を感じられる。

今のような暑い季節だと、こういった冷たいものが食べやすい。

「……ジン殿、それは行儀が悪いのではないか？」

そうやってズルズルと麺をすすっていると、セラムがジトッとした視線を向けながら言ってくる。

「違《ち》げえよ。ざるうどんはこうやって食べるもんなんだよ」

「……そ、そうなのか？」

「うん、そうやってすするのが一般的な食べ方だよ」

おそるおそるといったセラムの問いかけに夏帆が答えてくれる。

外国人は麺をすする食文化がなく、日本人が麺をすする光景を見てビックリするとテレビなんかで聞いたことがある。きっと、それと同じ現象なのだろう。

「食べたことがないならセラムさんも食べてみなよ」

「えっ、私がか？」

「そうだな。ちょっと食べてみろ」

この季節は冷たいうどんや蕎麦《そば》がとても美味しい。

それに作るのが非常に楽なので、食卓に上げやすいメニューの一つだ。

しかし、セラムに苦手意識を持たれてしまうと、食卓に上げづらいことになる。

セラムのために別の料理を用意するのは面倒だし、できれば忌避感は持ってもらいたくない。

そんな想《おも》いも込めて、ざるうどんの載ったトレーを差し出す。

「しかし、これはジン殿が使った箸で……これで食べると、か、間接キスに……」

ごにょごにょとセラムが漏らした言葉を聞いて、俺は配慮が足りなかったことを悟った。

「え？　セラムさんってジンさんの嫁でしょ？　今さらそこ気にする？」

すぐに別の箸やフォークを取りに行こうとしたが、夏帆にそのような突っ込みをされてしまう。

確かに嫁なのに、今さら間接キスを気にしてるってのは不自然だ。

身近にそんな夫婦がいれば、どれだけプラトニックな付き合いをしていたんだと突っ込みたくなる。

「な、なんていうのは冗談だ！　い、いただこう！」

夏帆の訝しみの声を聞いて、セラムが素早く動いて箸を掴《つか》んだ。

箸に不慣れながらも、必死に麺を持ち運ぼうと格闘するところが、自らの設定を全うしようとしているように見えて痛々しい。

不器用ながらもセラムは麺を持ち上げてつゆに浸すと、そのまま口に入れた。

「………」

しかし、すするという感覚がよくわからないのか中途半端に口に含んだままで停止した。

「口で息を吸いこむように、麺をすする！」

夏帆がやり方を説明すると、セラムはちゅるちゅると麺をすすることができた。

「どう？」

「う、うむ。なかなかに美味しいな」

平静を装っているように見えるが、耳が微かに朱色に染まっている。

多分間接キスのことで頭がいっぱいで味はあんまりわかってないだろうな。

セラムが試食を終えると、試食品となったものが俺の手元に戻ってくる。

当然、戻ってきた箸はつい先ほどセラムが口にしたものとなるわけになる。

しかし、夏帆が目の前にいる以上、嫁が使ったからといって箸を別のものにするわけにはいかない。

そんなことをしようものなら不仲なのではないかという邪推を受けることになるだろう。

結果として俺は特に気にした風もなく、そのままセラムの使った箸で食事を再開することにした。

「あっ……」

俺が箸を口に入れた瞬間、セラムがそんな声を漏らして顔を真っ赤にした。

やめろ。俺だって気にしていないわけじゃないんだから、そんな反応するな。

ざるうどんの味がわからなくなるだろう。

14話 食料品売り場

「さて、後は食材や日用品の買い物を済ませるだけだな」

「だね」

昼食を食べ終わると、残りの用事を済ませることにする。

「エレベーターで降りよう」

「そうだな」

日用品、食料品が売っているフロアは一階だ。エスカレーターを使って、降りていくのはちょっと面倒だ。

夏帆の意見に賛成し、俺たちは近くのエレベーターに向かう。

すると、後ろにいたセラムがちょんと袖を引っ張って、小声で尋ねてきた。

「ジン殿、えれべーたーというのは……？」

「ああー、箱の中に入って人や荷物を移動させてくれる昇降機みたいなものか。エスカレーターよりも楽に階層を移動できる」

「エスカレーターよりも楽に移動できる機械があるというのか!?」

「そうだ」

理解しやすいように噛《か》み砕《くだ》いて説明すると、セラムが驚愕の表情を浮かべる。

「エスカレーターという便利な機械がありながら、さらなる便利な代物を生み出すとは……っ！　こちらの世界の人間は、怠惰な欲望が尽きることがないな……」

改めて言われれば、そうなのかもしれない。

セラムのコメントを聞くと、身近にあるもののありがたさを再確認できるな。

エレベーター乗り場の前に到着する。

下降ボタンを押すが、エレベーターはどれも下の階層にあるらしく待ち時間となる。

そのわずかな時間に夏帆は、スマホでＳＮＳを開いているようだった。

誰かとメッセージでもしているのか、一人で画面を見て微笑《ほほえ》んでいる。

スマホを触っている様子を俯瞰的《ふかんてき》に見ると、意外と間抜けな光景だな。自分もよく使うんだけど。

なにをするでもなく待っていると、ポーンという音が鳴ってエレベーターが迎えにくる。

「……扉が勝手に開いた」

「ボーっとしてないで入るぞ」

呆然としているセラムの背中を押して、階層を移動するべくエレベーターに乗り込み、一階ボタンを押す。

しかし、三人目である夏帆が入ってこない。どうやらスマホに夢中になっており、気付いていないようだ。

「おーい、夏帆。下に降りるぞ」

「あっ、ごめん。今、いくー」

声をかけると、状況に気付いたらしき夏帆がスマホをポケットに仕舞ってエレベーターに近づいてくる。

が、隣で暇を持て余していたセラムが閉じボタンを。

「あっ」

結果としてエレベーターの扉は無情に閉じた。

申し訳なさそうな笑みを浮かべながら駆け込もうとした夏帆が、締め出しを食らった。

「す、すまない！　つい、色々ボタンがあったから気になって押してしまった！　ど、どうすればいいジン殿!?」

セラムが取り乱す間に、エレベーターは俺たちを乗せて下降していく。

はじめてのエレベーター体験だが、夏帆を置き去りにしたショックでそれどころではない様子だ。

本気で慌てているセラムには悪いが、ちょっと面白い。

「あいつはもうダメだ」

「なぜだ!?」

「エレベーターを使えるのは一日に一回だけなんだ」

「嘘だ！」

「一瞬で移動できる人を輸送できる機械だぞ？　なんの代償もなく何度も使えると思っているのか？」

「た、確かにそれはそうだ。私が狼狽《ろうばい》している瞬間に、一階までたどり着いてしまった……」

当然、嘘に決まっているが、何故かセラムは納得してしまい身体をわなわなと震わせていた。

セラムの反応があまりにも面白いので、もうちょっと適当なことを言い続けよう。

「では、カホ殿は一体どうなってしまうのだ!?」

セラムが必死に尋ねてくるので、俺はわざと会話の間を作り、悲壮感を漂わせた表情を浮かべてみる。

「……あいつはあのフロアから二度と移動することはできないだろう。いい奴を失った」

「ちょっとー、勝手に人を殺さないんでほしいんだけど」

などとセラムをからかっていると夏帆がやってきた。

どうやら別のエレベーターで降りてきたみたいだ。

もうちょっとからかいたかったんだけどな。

「いやー、目の前で扉が閉まるからビックリしたし。それに締め出し食らった感じになってすごく恥ずかしかったんだけど」

「カホ殿！　無事で良かった！」

「なんで？　締め出し食らっただけじゃん」

夏帆が首を傾げると、セラムが先ほどの俺の言動をまとめて話した。

すると、夏帆が堪《こら》え切《き》れないとばかりに笑い出した。

「あはは、そんなの嘘に決まってるじゃん。エレベーターは一日に何回でも乗れるし、仮に乗れなくてもエスカレーターや階段だってあるから」

夏帆の言葉ともっともな代案によって、セラムはようやくからかわれていたことに気付いたらしい。

呆然としたような顔から徐々にふくれっ面へと変わった。

「ジン殿はひどい嘘つきだ」

「悪い。セラムの反応が面白くてな」

宥めるも、セラムはからかわれたのが不満なのかしばらくは黙ったままだった。

しかし、そんな態度は食料品売り場にたどり着くと霧散する。

棚にはたくさんの野菜や果物だけでなく、肉や魚の生鮮食材、冷凍食材、飲み物、駄菓子、トイレットペーパーやら台所用品とあらゆる食材や日用品が並んでいた。

ショッピングモール内にあるだけあって、近所のスーパーとは規模が段違いだ。

「ジ、ジン殿の国の市場は、どこもこれほどに巨大なのか……？」

食料品売り場を目にしたセラムは、驚くというより圧倒されているようだった。

「そんなことはない。近所にも一応スーパーはあるけど、もっとこぢんまりとしてるぞ」

「そ、そうか。安心した」

補足してやると、セラムは安堵《あんど》の息を漏らす。

こんな規模の売り場がどこにでもあったら、中小規模のスーパーは軒並み倒産するだろうな。

フロアに入ると、俺と夏帆はカゴを手にし、それをカートの上に載せた。

「おお！　この荷車はとても便利だな！」

「押してくれるか？」

「いいのか!?」

「人にぶつけたりするなよ」

カートを目にしたセラムの瞳があまりにも輝いていたので、頼んでみると喜んで押してくれた。子供が小さなカートを押している姿と似ていて微笑ましい。

「じゃあ、うちはうちで必要なものを買ってくるから」

「わかった。後で適当に合流な」

食料品の買い出しについては、各自でやるべきだ。

一緒に並んで買い物をしても無駄に時間がかかるだけである。

そんなわけで、ここでは一旦夏帆とは別れることにする。

「あっ、トイレットペーパーとかティッシュの買い出し頼まれたから後で運ぶの手伝ってねー」

「またか……」

「よく頼まれるのか？」

「過疎地だけあって田舎の住民たちは老人が多いからな」

ショッピングモールなどのある大きな街に出る時は、ご近所の老人から買い物を頼まれることがある。田舎あるあるの一つといっていいだろう。

重い物なんかの買い出しを、元気な若者に頼みたいと思うのは仕方のないことだ。

ネットスーパーなどを利用すれば、自宅まで届けてくれるだろうがアナログタイプの人が多いからな。

「なるほど。ご老人の頼みとあっては断るわけにはいかないな」

「まあな。代わりに農業なんかは、老人たちに教えてもらっているしな」

「ジン殿もそうだったのか？」

「ああ、始めたての頃は、とてもお世話になった」

失敗も続いて、老人たちの言葉が煩わしくも思えたが、今思えばとても気にかけてくれていたのだとわかる。滅多なことでは言えないが非常に感謝していた。

「そうか。ならば、なおさら断れないな」

「とはいえ、なんでも安請け合いするなよ？　あいつら本当に際限なくこき使おうとするからな」

セラムの正義心の高さにつけ込んで、なんでもかんでもセラムに頼んでくる老人と、安請け合いしてポンポン引き受けるセラムという構図が安易に想像できた。

「困っている老人を助けるのは騎士の――いや、若者として当然のことだ」

「それで仕事が疎《おろそ》かにでもなったら給料も食事も減らすからな？」

「……仕事や生活に支障が出ない範囲で引き受けるようにする」

やや本気で釘を刺すと、セラムは顔を強張《こわば》らせながらも頷いた。

ここまで言えば、安請け合いすることはないだろう。

「あっ！　これはジン殿の長ナスではないか!?」

野菜売り場の一画に陳列されているものをセラムが手に取った。

その袋には『三田農園』という品質を保証するシールが貼られており、袋詰めにされた長ナスがあった。

「そうだな。俺の野菜はここのスーパーにも納品してるからな」

「すごいな！　このような大きな市場でジン殿の野菜が売られているとは！」

「ただ近所ってだけもあるけどな」

「だとしても、他にも農家はたくさんいるはずだ。それなのにジン殿の作った長ナスがあるということは、仕入れを担当する者が良い食材だと判断したに違いない。その事実は誇るべきだと私は思う」

「そ、そうか。ありがとな」

照れ隠しで謙遜した部分もあったが、セラムは真っすぐな賞賛の言葉をかけてきた。

なんだかコイツの素直なところは色々な面で敵《かな》わない気がする。

「ふふふ、これは私がシールを貼って袋詰めした長ナスだな。よし、私が買ってやろう」

「いや、わざわざ店で買わなくても畑に山ほどあるだろ？」

「これは私が買いたいから買うのだ。私の給金から引いてくれ」

指摘するが、セラムはまったく引く様子は見せずに長ナスをカゴに入れてしまった。

それだけ一緒に作業した長ナスが売られているのが嬉しかったのだろうか。

俺も最初に自分の野菜が並べられているのを見た時、同じようなことをしたことがあるので何となく気持ちはわかる。俺はセラムの気持ちを尊重することにした。

「他にはジン殿の育てている野菜はないのか？」

「きゅうりが並んでいるはずで、トマトは今度出荷する予定だ」

「おお！　ならば、きゅうりも見に行こう！」

そんな風に俺の野菜を見て回りながら買い物を済ませると、夏帆と合流し、大量の生活用品を積んで帰宅した。

15話 ビッグフロッグ？

「おはよう、ジン殿」

生活用品を買いにショッピングモールに行った翌朝。リビングでセラムの声が響いた。

「ああ、おは――」

反射的に振り向いて挨拶を返そうとするが、セラムの姿が変わっていたために途中で止まってしまう。

セラムの着ている服が違ったのだ。

いつもの野暮ったい赤ジャージではなく、真っ白なTシャツにデニムを穿いていた。

間違いなく昨日買ったばかりのユニシロの服だろう。

シンプルなファッションだが、セラムのようなスタイルのいい美人が着ると、すごく似合うんだな。

衣服の変わりように呆然としていると、セラムがやや不安そうな顔で衣服を触る。

「ど、どうだ？　私の服は変ではないだろうか？」

「安心しろ。変じゃない」

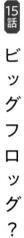

「そうか。なら、良かった」

頷きながら返事すると、セラムは安心したような顔になった。

胸元には金色のネックレスが輝いている。夏帆なりのワンポイントだろうか。

郊外にある大学に通い、都会に憧れているだけあってファッションセンスは確かだな。

「セラムに似合うものをちゃんと選んでくれたんだな。夏帆には感謝しておかないとな」

「あっ！」

などと呟くと、セラムがいきなり大きな声を漏らした。

「どうした？」

「カホ殿にちゃんとお礼を言っていなかった！」

「あー、そういえば、最後の方は生活用品を運び込んだり、家に届けたりと忙《せわ》しなかったからな」

とんでもないミスでもやらかしたのかと思ったが、まったく大したことがなかった。

「あれだけ世話になっておきながら礼を言っていないのは失礼だ！　カホ殿に礼を言わなければ！」

しかし、セラムにとってはかなり重要らしい。

思い出すなり家を飛び出そうとするセラム。

「待て待て。お前、夏帆がどこにいるか知らないだろ」

「あっ」

呼び止めると、セラムは冷静になったらしく外に出ようとするのをやめた。

「騎士ならこういう時こそ落ち着けよ」

「考えるよりも先に動いてしまう。私の悪癖だ。面目ない」

シュンとしながら言うセラム。一応、自覚はしているようで何よりだ。

「まず、夏帆が家にいるか聞いてみる」

「聞くとはどうやって？」

「こうやって端末で文字を送信するんだ。すると、同じ端末を持っている奴と離れていようが連絡が取れる」

「それはどこでもか!?」

「山奥とか地下でもない限り、どこでも連絡が取れるな」

「なんて便利なのだ。このような連絡手段があれば、戦場が一変するぞ……」

夏帆に送ったメッセージを見ながら慄《おのの》いているセラム。

スマホの便利さを知って、真っ先に軍事利用を考えるとは物騒だな。

などと思っていると、夏帆から返信がきた。

朝早いのですぐには返事がこないだろうと思っていたが、起きていたみたいで驚いた。

どうやら大学の友人と遊びに行く予定があるらしく、早起きしていたようだ。

「午前中なら少しだけ時間が取れるらしい」

「ならば、今からカホ殿のところに行こう！」

「その前に朝食を食べてからな」

「そ、そうだな」

またしても飛び出そうとするセラムを落ち着かせて、俺たちはいつも通り朝食を食べた。

●

朝食を食べ終わると、俺とセラムは家を出て夏帆の家に向かうことにした。

通常、朝早くに訪ねることは迷惑になりがちだが、今回はその方が相手にとって都合がいいので問題ないだろう。今日を逃すと、夏帆はしばらく忙しいらしく会うのが難しくなるみたいだからな。

夏帆の家は、うちから歩いて十五分くらいのところだ。

田舎なので特に横断歩道や複雑な道があるわけでもない。ただ道なりに進むだけでいい。

時刻は七時半を過ぎたところ。太陽が段々と昇っていき、これから気温が上がっていくところだ。このくらいの時間帯であれば、まだ普通に過ごせる。

真っ昼間もずっとこれくらいの気温であれば、安定して楽に作業ができるんだけどな。

周囲には水田が広がり、水面には青空や白い雲が映っている。

呆《あき》れるくらいに自然に包まれたド田舎だな。

のんびりと景色を眺めながら歩いていると、水田からヒキガエルが出てきた。

田舎は自然が多く、生き物が多い。こんな光景は日常茶飯事であるが、セラムの反応は劇的だった。

「ビッグフロッグ！」

聞き覚えのない名称を発するなり、剣を引き抜いた。

真夏の太陽の光が降り注ぎ、セラムの持っている剣が鈍い輝きを発していた。

長閑《のどか》な田舎には似合わない光景。

「おいおい、なにしてんだ？」

剣を抜くなと注意したのに、こんな道端で抜剣するとは何を考えているのやら。

騎士は無暗に剣を抜かない云々《うんぬん》かんぬんはどこにいったのやら。

「ジン殿、この世界には魔物がいないと言っていたが嘘ではないか！　これは紛れもなくビッグフロッグの幼体だ！　ジン殿、下がっていてくれ！」

この女騎士は一体何を言っているのやら。

俺はため息を吐《つ》いて、剣を構えるセラムの後頭部を叩いた。

「痛っ！　なにをする！」

「異世界の魔物と似ているのか知らないが、こいつはカエルという生き物だ。魔物なんかじゃない」

「そ、そうなのか？　すまない。あまりにも私のいた世界の魔物と似ていて……」

「ビッグフロッグとやらはどんな魔物なんだ？」

「このカエルを全長五メートルくらいにしたサイズだ」

「カエルで五メートルって……そんな生き物がいるのか……」

現代人の感覚からすれば、最大級のカエルといってイメージできるのはせいぜいがウシガエルくらいだ。それ以上にデカいカエルがいると言われても、ちょっと想像ができない。

「農村地帯によく現れ、家畜や人間を丸呑《まるの》みにしてしまう恐ろしい魔物だ。初陣でのビッグフロッグ討伐戦では、長い舌に絡めとられ危うく丸呑みにされるところだった」

異世界の事情はよくわからないが、セラムがカエルに対してトラウマを抱いているのは何となくわかった。

「まあ、この世界にはビッグフロッグみたいな生き物はいないから安心しろ。この辺ではカエルもよく見かけるが、小さなものばかりだからな」

「……そうみたいだな。私たちを見かけてもまったく襲ってくる様子がない。うむ、ただの動物だな」

「わかったのならさっさと剣を仕舞ってくれ」

「す、すまない！　以後、気をつける！」

銃刀法違反で捕まるのだけは勘弁してほしい。

セラムが剣を鞘に戻すのを確認すると、そのまま道を歩く。

しかし、セラムはまだヒキガエルが気になるのかおそるおそるといった様子で凝視している。

悪戯心《いたずらごころ》が湧いた俺は、ヒキガエルに後ろから近づいた。

すると、危険を察知したヒキガエルがセラムの方へとジャンプした。

「うわぁっ!?」

セラムは腰を抜かしたように道端に倒れ込んだ。

ヒキガエルはそれを気にした様子もなく、ピョンピョンとセラムの横を通り過ぎて水田へと戻っていた。

「ははははっ！　ただのカエルにビビり過ぎだろ――って、待て待て！　剣を抜こうとするな！　俺が悪かったから！」

セラムの反応が面白くて笑っていると、彼女が本気の表情で鞘に手をかけたので焦る。

よくよく考えると、俺は戦闘面でセラムにまったく敵う要素がないのだ。あまり怒らせるべきではないだろう。

夏帆の家に着くまで、俺はセラムの機嫌を取り続けることになった。

16話 駄菓子屋

家から歩いて十五分ほどのところ、俺たちの目的地である大場駄菓子店にたどり着いた。

昭和の駄菓子屋を想起させるレトロな造りだ。

外にはガチャガチャやアイスの詰まった冷凍庫などが並んでいる。

ガラリと引き戸を開けて中に入ると、一面に駄菓子がズラリ。棚の上までギッシリと駄菓子が並べられ、壁には懐かしさを感じる玩具が吊《つ》るされていた。

「ここがカホ殿の家……？」

「正確には夏帆の家が経営している駄菓子屋だな」

「いらっしゃい、二人とも。急に用があるってどうしたの？」

などと会話していると、奥の廊下に続く暖簾《のれん》をくぐって夏帆がやってきた。

「昨日の件でセラムが礼を言っていないと言ってな」

「カホ殿、昨日はとても世話になった。礼を言う。お陰でたくさんの良い服を買うことができた」

「ああっ！　さっそく昨日買った服じゃん！　うんうん、セラムさんほど美人でスタイルがいいとシンプルな服装がカッコいいね！」

セラムの本日のコーディネートを見て、夏帆が我がことのように喜ぶ。

これだけ似合っていると、助言した方も嬉しいのだろうな。

「カッコいいというのは褒め言葉なのか……？」

「褒め言葉だよ！　シンプルなファッションでカッコよく見えるっていうのはすごいことなんだから！　あたしもセラムさんみたいにスラッとして手脚が長ければ、どれだけ良かったか……」

「そうか？　私はカホ殿のような華奢で可愛らしいタイプに憧れるが……」

人間というのは、自分に無いものを魅力的に思う生き物なのだろう。

俺からすれば、二人とも贅沢《ぜいたく》な悩みのように思えた。

「これはほんの気持ちだ。畑で穫ったばかりの長ナスだ」

「わっ！　立派な長ナスがいっぱいだ！」

セラムがビニール袋で手渡したのは、家を出る前に収穫した長ナスだ。

一応、昨日付き合ってくれたことの謝礼はアウターを買ったことで十分なのだが、朝早くに訪ねてきた以上は手土産の一つくらいないとな。

「にしても、お礼を言うために来てくれるなんて、セラムさんって律義だね」

「感謝の言葉を伝えるのは大切なことだぞ？」

「そうだね。ありがとう、セラムさん」

「うむ、どういたしましてなのだ」

夏帆から礼を告げられて、どこか嬉しそうにするセラム。

そんな中、夏帆が俺の方に寄ってきて囁く。

「またセラムさんをコーディネートしてほしかったら声をかけてね？」

ふむ、セラムの世話を任せられるのは魅力的だが、毎回それなりの値段をする服を強請《ねだ》られては堪《たま》らない。

「セラム、どうやら夏帆は、報酬がないと一緒に買い物に行ってくれないみたいだ」

「そ、そうなのか。また一緒に買い物に行きたいと思っていたのだが、お金のことを考えると気楽に誘うことは難しいな」

「わあ！　うそうそ！　冗談だから！　報酬なんていらないし気楽に誘っていいから！」

悲しそうな顔をするセラムを見て、夏帆が慌てて俺にかけた言葉を撤回した。

よしよし、これでまたセラムに必要な品が出たら、面倒を見てもらうことができるな。

セラムの純粋な心を利用した策略に、夏帆が抗議するような視線を向けてくるがスルーだ。

「おっ！　ジンにセラムさんじゃねえか！　なんだよ、うちに来てるなら言ってくれよ！」

賑《にぎ》やかな会話につられてやってきたのは、夏帆の兄である海斗だ。

今日はアロハシャツに短パンと随分とハワイアンな格好をしている。

相変わらずコイツのファッションセンスは派手で謎だ。

「ちょっと礼を言いにきただけだしな」

「それでもだよ！」

「さて、あたしはそろそろ用事があるから行くね！」

「うむ、忙しいところをお邪魔してすまなかった」

「後はおにぃよろ！」

海斗がやってきたのと入れ替わるように夏帆が奥に引っ込んだ。

それからカバンを手にすると、俺たちの横を通り過ぎて外に出ていった。

「随分と忙しそうだな」

「いや、夏休みに入って遊び惚《ほう》けてるだけだぜ」

そういえば、大学生は夏休み真っ盛りか。農家には夏休みなんてものはないので、すっかりそういった感覚を忘れていた。

「ジン殿、ここにあるものは全てお菓子なのか？」

さて、用事は済んだので帰ろうと思ったが、セラムがキラキラと瞳を輝かせながら尋ねてきた。

「ああ、そうだ」

「お菓子以外も玩具《おもちゃ》とか色々売ってるぜ」

1本30円
ビックリ!
シール

「ジン殿、少しだけ見ていってもいいだろうか？」

これはすぐに帰れないパターンだ。

前に駄菓子屋に連れていってやると言ったことだし、少しくらい見ていってもいいか。

頷くと、セラムは店内を好きに見て回る。

「これ一つでたった十円だと!?　安いな！」

「子供向けに販売するお菓子だからな」

「それで儲《もう》けが出るのか？」

「厳しいことを言うねえ、セラムさん」

セラムの率直な意見に思わず、苦笑しながら頭をかく海斗。

「俺も気になっていたが、実際どうなんだ？」

昔ならともかく、今は色々な店が並ぶようになり、サービスも受けられるようになった。

ここに住んでいる人の数も随分と減ったし、経営は苦しいのではないだろうか。

セラムが懸念したように一つの利益率はかなり低いだろうからな。

「まあ、ぶっちゃけ儲けはほぼねえよ。食《く》い扶持《ぶち》は副業で稼いでいる状態で駄菓子屋をやるメリットはねえな」

海斗はフリーランスとして活動している動画編集者だ。

家で動画の編集などをしてお金を稼いでいる。主な収入はすべてそちらで、駄菓子屋の方はからっきしのようだ。

「だったら、どうしてカイト殿は経営を続けているのだ？」

「好きなんだよなぁ、駄菓子屋が。少ない小遣いを握り締めて、どれを買おうかと悩んだり、話し合ったりできるこの空間が、大人になっても思い出として染み付いていてよ」

「カイト殿にとってここは大切な場所なんだな」

海斗がそんな理由で駄菓子屋を続けているとは知らなかったな。

普段はちゃらんぽらんで何も考えていないように思えるが、確固たる自分の意思を持っていたようだ。そういうのは嫌いじゃない。

「まっ、そんな俺のことは置いといて、セラムさんは駄菓子を食ったことはあるか？」

「羊羹と水まんじゅうなら食べたことがあるぞ！」

「なんかチョイスが渋いな……それ以外食べたことがねえなら何か買ってみてくれよ。和菓子もいいけど、駄菓子も美味いぜ」

海斗の営業を受けて、セラムがこちらを向いた。

買ってもいいだろうかと尋ねているのだろう。

俺はセラムを呼び寄せると、手の平を出させ、その上にお金を乗せた。

「ユキチ殿!?　これ全部駄菓子に使っても良いのか!?」

「んなわけないだろう。これはセラムの給料だ。俺がいない時やセラム自身に欲しいものがあったら、それを使って好きなものを買え」

「おい、これが私の給金！　わかった！　自分の金で買ってみる！」

ずっと一文無しの状態では、何を買うにも俺の許可が必要になって面倒だしな。

ちょっとした物でも旦那に買っていいか尋ねる嫁という構図はあまりに不自然だ。

自分の裁量で欲しいものを買えるお金を持っていた方がいい。

駄菓子なら安いし、はじめて貰ったお金で散財することもないだろう。

そんなわけでセラムはお金を握ると、プラスチックの小さなカゴを手にして駄菓子を物色し始める。

「ジンもどうだ？」

「そうだな。俺も久しぶりに買ってみるか」

ここしばらく駄菓子を買っていなかった。少し買って、仕事の合間につまんだりするのも悪くない。

17話 女騎士とラムネ

セラムと同じようにカゴを手にすると、俺も店内をうろつく。

微妙に狭い店内や並べられた駄菓子のパッケージ。目につくものすべてが懐かしい。

小学生の頃、百円玉を握り締めてよく駄菓子を買いにきていたな。

懐かしく思いながら昔よく食べていたポテチや紐《ひも》状になったグミ、うめえ棒、なんかを次々とカゴに入れてレジに持っていった。

これだけ買っても百五十円程度。駄菓子というのは素晴らしいな。

「冷たいラムネはいかが？」

海斗が駄菓子の精算をしつつ飲み物を勧めてくる。

レジの傍に冷蔵庫があり、瓶に入ったラムネやコーラなんかがギッシリと詰まっている。

「……この家は客人に飲み物も出さんのか」

「二階にくれば麦茶を出してやるけど一階は店だからな」

キンキンに冷えていそうな瓶ラムネを見た後に、麦茶を飲めるものか。

「ちっ、ラムネを一つ」

「毎度あり！」

交渉は失敗し、海斗にラムネを買わされるハメになった。

商魂たくましいやつだ。

「セラムさんにはラムネをおまけでつけてあげるね！」

「おい！」

「セラムさんは初めてのお客さんだしな！」

俺との対応の違いに声を上げるも、海斗はヘラヘラと笑って流した。

だったら、ついでに俺にもおまけしてくれてもいいだろうに。

などと微妙な気持ちになりながらも奥にある畳スペースに腰かけた。

会計を終えたセラムも俺の隣に腰を下ろす。

「結構買ったな」

「うむ、どれも気になってしまってな。これだけ買っても三百円にも満たないのだから、駄菓子は安いな」

さっきの俺の心の声と同じようなコメントを漏らすセラム。

「ところで、このラムネというのはどうやって飲むのだ？　なにやら丸いものが入り口を塞いでいて飲めないのだが……」

「ああ、それはこの玉押しを乗せて押し込めばいい。そうしたら、中に入っているビー玉が落ちる」

説明しながら自分のラムネを開けると、セラムも真似をしてラムネを開けることに成功した。

「落ちた！」

「五秒くらいは玉押しを外すなよ？　炭酸が噴き出すかもしれないからな」

「む？　飲み物が噴き出すのか？　よくわからないが、少しジッとしておこう」

首を傾げながらセラムは待機すると、少ししてからおそるおそる玉押しを外した。

「瓶の形もそうだが、色もとても綺麗だな」

ラムネ瓶を見つめながらセラムが言う。

水色の瓶の中には透明な液体が詰まっており、下から上にと炭酸ガスが静かに上がっていた。

冷蔵庫で冷やされていたお陰か瓶までキンキンに冷えており、表面には水滴がついていた。

「俺も飲ーもっと」

俺たちがラムネを開けている姿を見て、飲みたくなったらしく海斗も冷蔵庫からラムネ瓶を取った。

「じゃあ、乾杯！」

海斗は手早く開けると、瓶をこちらにぶつけてきた。

なんだか朝から酒盛りしてるような気分になったが、突っ込まずにラムネを飲むことにした。

キンキンに冷やされた液体が口の中に広がる。

清涼なラムネの風味が鼻孔を突き抜け、するりと喉の奥に流れていった。

これを飲んだ瞬間だけは、今が真夏だということを忘れさせてくれる気がする。

「げほっ、げほ、がは！　な、なんだこれは⁉　口に含んだ瞬間に舌が噛みつかれたような感じがしたぞ⁉」

俺と海斗が清涼さを感じている一方で、異世界の女騎士は激しく咽《むせ》ていた。

ああ、そういえば、こいつに炭酸飲料を飲ませるのは初めてだった。

「安心しろ。それはそういう飲み物だ。最初はビックリするが、慣れれば平気になる」

「そ、そういうものなのか？」

「セラムさん炭酸を飲んだことがない感じだったか。悪いことしちゃったな」

「いや、問題ない。そういう飲み物だとわかれば、問題なく飲めるはずだ」

涙目になっていたセラムがもう一度ラムネを飲んだ。

今度は咽ることなく、「ぷはぁ」と微かな吐息を漏らす。

「うむ。慣れればこの刺激も悪くない。爽やかなラムネの味と合っている」

「本当にダメだったら無理せずに言えよ？」

「大丈夫だ」

炭酸飲料が飲めない、美味しく感じないと思う者はたくさんいる。が、セラムは別に無理をしているようではなさそうだな。

喉を潤すと、それぞれが買った駄菓子を軽く食べることにする。

セラムが最初に手に取ったのはうめえ棒の明太子《めんたいこ》味だ。

初心者のくせに駄菓子の王道的なものを手に取っている。いい直感をしているな。

指でパッケージを開けると、セラムはうめえ棒を頬張った。

パリッパリッと小気味の良い音が響く。

「これは美味いな！　こんなに美味しいものがたった十円でいいのか⁉」

「ははは、いいんだよ。他にもたくさんの種類の味があるから良かったら買ってくれ」

うめえ棒の味に驚愕しているセラムに、ここぞとばかり味違いのものを勧める海斗。

「これ全てが味違いというのか？」

「全部違うね」

「全部くれ！」

「毎度あり」

悪い駄菓子売りがここにいる。

セラムにほどほどにしろと言ってやりたいところだが、給料で好きなものを買えと言ったばかりなので止めることはできない。

「というか、めちゃくちゃ種類があるな」

確かうめえ棒の通常種類は十四種類だったはず。

しかし、海斗の持ってきているうめえ棒を見ると、明らかにそれ以上の種類があった。

「俺の好みでプレミアム版、地域限定版や季節限定版もストックしてあるからな。そして、ここだけの話、販売中止版もいくつか持ってある」

「どんだけ持ってるんだ。今度、売ってくれ」

販売中止版には俺の大好きなロブスター味や、ピザ味、かば焼き味などがある。また食べられるのであれば、ぜひとも食べたい。

「しょうがないな。特別だからな？」

などと勿体ぶった言い方をしているが、海斗も自慢したいのかまんざらでもない様子だった。駄菓子が本当に好きなんだな。

密談を終えると、俺は袋から紐グミを取り出して食べる。

この安っぽい味がいい。これでこそ駄菓子っていう感じがする。

「その長い緑色のものはなんなのだ？」

「果汁や砂糖を固めて作ったお菓子だ。羊羹をさらに弾力質にして、フルーティーにした感じだ。食べてみるか？」

「食べる！」

セラムが食べてみたそうにしていたので千切って渡してやる。

「お、おお。弾力があって不思議な味だ。何の果物の味かはわからないがなかなかイケる」

パッケージにはメロン味と記載されているが、食べてみるとブドウのような味にも思えるし、梨のような味にも思える。正直、具体的に何の味かもわからないが、そんなところも含めて駄菓子っぽいな。

「ジンだ！」

「噂の嫁もいる！」

「……綺麗ですね」

駄菓子を食べながらまったりとしていると、引き戸を開けて子供たちがやってきた。

子供たちは駄菓子をそっちのけで俺やセラムのところにわらわらとやってくる。

「お前たちも知ってるのか」

「この辺りだと有名だよ？　知らない人の方が少ないくらい」

「無愛想なジンさんが、ついに結婚したって賑わってましたから」

どうやら俺とセラムの関係については、知らない人がもういないようなレベルらしい。

実里さんと、茂さんはどれだけの人に話したというのか。

「ねえねえ、嫁さんとはどうやって出会ったの？」

「どちらから告白とかされたんですか？」

「……もう手は繋いだ？」

微妙な想いを抱いていると、子供たちが一気に質問を飛ばしてくる。

「お前たち駄菓子を買いにきたんだろ。大人しく駄菓子でも買ってろ」

「ええー？　今はそんなことよりもジンの馴《な》れ初《そ》めってやつが気になる！」

「なるー！」

シッシと追い払うが、子供たちはめげることなく質問を繰り出してくる。

俺とセラムの関係はあくまで設定だ。そんな甘酸っぱいエピソードなんてあるはずがないし、仮にあったとしてもこの生意気な子供たちに話すわけがない。下手に話しでもしたら生涯かけていじってくること間違いないだろう。

「あー、もう鬱陶しい。小遣いやるから駄菓子でも買ってろ」

「やったー！　百円だ！　駄菓子がいっぱい買えるぞ！」

「……なに買おう」

苦渋の決断として百円玉をやると、俺への興味は失ったらしく売り場の方に向かっていった。

子供を追い払って一息ついていると、海斗がニヤニヤとした顔でこちらを見ていることに気付いた。

「なんだ？」

「いや、ジンも変わったなーって思ってな」

「どこかだ？」

「少し前までは人を寄せ付けない感じだったじゃねえか。俺の家に来ることもあんまりなかったし、子供なんかまったく相手にしなかっただろ？」

「……そうなのか？」

海斗がそのように言うが、セラムは俺の過去をまったく知らないのでキョトンとしている様子だった。

こっちに戻ってきてからは、そういった人間関係の構築が煩わしくて仕方がなかった。幼馴染である海斗ともあまり会っていなかったくらいだ。今の俺を見て、海斗が変わったというのも無理はない。

「誰のお陰で変わったんだろうな？」

「さあな」

海斗の言いたいことを、俺はあえてわからないフリをしてスルーした。

18話　お中元

「げっ、またか……」

配達員から渡されたものを見て、俺は思わず呻《うめ》いた。

またか。これが届くのはもう三回目だ。

「ジン殿？　それは……？」

届いたものをリビングに持っていくと、畳で寛《くつろ》いでいたセラムが寄ってくる。

「お中元だ」

「お中元というのは？」

「お世話になった人に日頃の感謝を込めて贈る夏の挨拶みたいなもんだ。この時期になると毎年届く」

「こちらにはそのような風習があるのだな。いいことではないか」

「お中元自体に罪はないが、問題は皆がこぞって定番の品を贈り付けてくることだ」

またしてもアレなのか？　できれば、違うものであってほしい。

そう願いながらお中元を開封するが、俺の願いは儚《はかな》く砕け散った。

木製の箱には達筆な字で『手延べ素麺《そうめん》』と書かれている。

「随分と手触りのいい箱だな」

「やっぱり素麺か……」

物珍しげに箱を触るセラムの横で俺は項垂《うなだ》れた。

「そうめん？」

「フードコートで食べたうどんがあっただろ？　あれをさらに細くした乾麺だ」

「なるほど。あの時のうどんは美味しかった。うどんと違うとはいえ、似たようなものをいただけるとは嬉しいことではないか？」

「確かにもらえるのは嬉しい。だが、これが届くのは四個目なんだ」

俺は台所の棚に入れてある素麺箱を三個見せつける。

「……それ一つでどのくらいの量があるのだ？」

「一日三食を素麺にしても、消費するのに五日から六日はかかる。それが四つだ」

「……ジン殿、それは多い」

「だろ？」

共通の認識を持つことができて何よりだ。

「それにしても、どうしてこんなにも素麺ばかり贈られるのだ？　お中元で素麺を贈ることに何か意味が……？」

「素麺の麺が細長いことから、普段会うことのできない人とも、細く長く付き合っていきたいって意味がある」

「ジン殿は博識だな」

「毎年、こんなにも贈られれば意味を知りたくもなる」

決して博識なわけではない。この嫌がらせじみた行事に殺意が湧いて調べたことがあっただけだ。

「とはいえ、今年はセラムがいてくれるからな。例年よりも早く片付けることができそうだ」

セラムが来るまではこの量を一人で食べたり、お裾分けをしたりして何とかしのいでいたが、単純に人数が一人増えればそれだけ消費も早いだろう。

「これでも乙女の端くれなので、そういった面で頼りにされるのは複雑だ」

頼もしい傭兵でも見るかのような視線を向けると、セラムが不服そうな顔で言った。

俺以上に食べるくせに、そんな都合のいいことを言わないでほしい。などと思ったが、それを口にすれば、素麺を食べてくれなくなりそうなので黙っておくことにする。

「おーい、ジンいるだろー？　ちょっと手が塞がってるんだ。開けてくれー！」

そんな時、玄関の方から声が響いた。

「この声はカイト殿だな？」

「待て、セラム！　扉を開けるな！」

俺が静止するもセラムは止まらず、引き戸を開けてしまう。

俺が急いで扉を閉めようとするが、それをさせまいと海斗が足を差し込んできた。

「へへへ、扉を開けたな？」

「くそっ！」

「ジン殿、なにをそんなに悔いているのだ？　せっかくカイト殿がやってきてくれたのに」

状況をわかっていないセラムが呑気《のんき》に首を傾げた。

「コイツは客人じゃない。俺たちに差し向けられた刺客だ」

「刺客!?　ジン殿は何か恨みでも買っていたのか？」

「恨みならあるぜ！　去年、ジンは一人で食べ切れないという建前を利用して、素麺を大場家に押し付けてきた！　しかし、今のジンにはセラムさんという嫁がいる。例年のような建前は使えない！　というわけで、今年は我が家のお裾分けを受け取ってもらうぜ！」

ドンッと三十六束入りの素麺箱を玄関に置いてくる海斗。

「やっぱり、素麺の押し付けか」

「違う。お裾分けだ」

お中元で素麺をもらうのは俺たちだけじゃない。皆が同じようにもらって余らせがちなので、この時期になるとこのような押し付け合いが始まるのだ。

「刺客とはそういうことだったのか……知らなかったとはいえ、私はなんということを……」

ようやく状況に気づいたセラムがよよよと崩れ落ちる。

居留守を使えば回避できたかもしれないが、家に上げてしまっては手遅れだった。

去年、海斗に無理矢理のように押し付けてしまっただけに拒否することは難しいからな。

「まあ、今年はセラムがいるから何とかなるだろう」

我が家に素麺が五個も鎮座することになってしまったが、セラムさえいれば何とかなる。

一人で三箱を平らげた去年に比べれば、まだマシというものだ。

「そういえば、セラムさんは素麺を食べたことあんの？」

「うどんならあるが、素麺は食べたことがない」

「食べたことがない!?　それなら、セラムさんのために流し素麺しようぜ！」

セラムの返答を聞いた海斗が、いきなりそのような提案をしてくる。

「随分急だな」

「せっかく夏なんだし、ここは風情ある日本の文化をセラムさんに体験してもらおうぜ！」

「で、本音は？」

「俺自身がやりたい！」

「なら、一人でやれよ」

「いや、一人でやっても虚《むな》しいだけだし、準備が面倒すぎるだろ」

高尚なことを言い出すので怪しいと思ったが、ただ海斗自身がやってみたいだけだったらしい。

「流し素麺とやらはよくわからないが、風情ある食文化には興味がある！」

流し素麺がどんなものかよくわかっていないセラムだが、興味が湧いてしまったようだ。

「……やるのは構わないが道具はあるのか？」

「ちょい前に使ったうちの竹があるぜ」

「じゃあ、それを組み立てればできるか。持ってきてくれ」

「あいよ！」

一から切り出して設置するのは面倒だが、竹があるのならそこまで面倒くさくないだろう。

ほどなくすると、海斗が車で戻ってきて竹を庭に運び込んできた。

「ジン殿、この緑色の長い植物はなんだ？」

「これは竹だ。冷たい水とともに流れてくる素麺をすくって食べるんだ」

「ほう、ここに麺を流すのか……想像するだけで風情があるな！」

セラムが物珍しそうに竹を見つめる中、俺は気になったことがある。

「……なあ、海斗。この竹、ちょっと傷んでないか？」

「納屋から引っ張り出した時、俺も思った」

竹の一部が傷んでいるのだ。別に素麺を流せないことはないが、この上で流した素麺を食べたいかと言われるとＮＯだ。

「となると、流し素麺はできないのか？」

竹を見て顔をしかめていると、セラムが悲しそうな顔をする。

「いや、全部傷んでいるわけじゃないから、そこだけを落とせば問題なく使える」

「おお、なら問題ないではないか」

「その代わり、ショボくなる」

「流す距離の短い流し素麺なんて、流し素麺じゃねえ！」

代案の結果を聞いた海斗がいちゃもんをつけてくる。

海斗がきっちり管理しておかないのが悪いが、夏に竹を保存することは難しいからな。

しょうがない部分もあるか。

「おや、流し素麺でもするのかい？」

なんて会話をしていると、庭先に茂さんがいた。

犬を連れて歩いていることから散歩の途中だったのだろう。

「しようとしていたんですが、竹が傷んでいることに気づいてどうしようかなと……」

「竹？　竹が欲しいなら、うちの竹林にあるやつを使うかい？」

「ええっ？　いいんですか!?」

「構わないよ。その代わり、ついでに何本か適当に取ってきてくれるとありがたいかな。他のところでも流し素麺とかしそうだし」

「わかりました！　ちょっと多めに取ってきます！」

「ありがとうございやーっす！」

俺と海斗が揃って礼をすると、茂さんはにっこりと笑って散歩に戻っていった。

「ん？　今のはどういうことだ？」

一人状況がよくわかっていないセラムが尋ねてくる。

「茂さんの持っている土地に竹が生えているから、そこから自由に取っていいってことだ。これで流し素麺ができる」

「土地を持っている？　シゲル殿は実は土地を治める領主なのか!?」

「いや、領主じゃない。というか、この辺りじゃ土地を持ってることは珍しくないぞ。俺だって山を持ってる」

「うちも持ってるぜ」

「なっ！　ジン殿だけじゃなく、カイト殿も!?」

山を所有していることを伝えると、セラムが過剰な驚きを見せる。

彼女にとって土地や山を持っているということは、それだけ驚愕に値することらしい。

「そんなに驚くことか？」

「私の世界では土地を所有しているのは王族だけで、特権階級である貴族でも王族から土地を貸し与えられているだけに過ぎないのだ」

気になったので小声で聞いてみると、セラムがこっそりと教えてくれた。

どうやらセラムの世界では本当に偉い人しか持つことができないようだ。

そんな世界で暮らしてきたセラムからすれば、ただの平民が土地を所有していることには驚かざるを得ないだろうな。

19話 竹斬り

竹を取るために茂さんの所有している竹林にやってきた。

「おお、ここが竹林！　竹がいっぱい生えているな！」

見渡す限り生えている竹を見て、セラムが圧倒されたような顔をしていた。

「さすがに日陰が多いから涼しいな」

ここにやってくるまでは干からびる勢いで汗をかいていたのだが、竹林に入ると太陽が遮られ、涼しげな空間へと変化していた。

見上げると竹の隙間から覗き込む青空がとても綺麗だ。

田舎では緑と青のコントラストなんてどこでも見られるが、竹の隙間から見えるこの小さな光景には趣があるように感じられた。

風が吹く度に、笹《ささ》の葉が揺れて潮騒《しおさい》のような音を奏でていた。

「さて、早速竹を切るか」

今回の目的は竹林散策ではなく、竹取りだ。

涼しくて居心地が良いのでゆっくりしたくなるが、のんびりしている場合じゃない。

ここで時間をかければかけるほど流し素麺までの道が遠くなる。

「どの竹を切ればいいのだ？」

素麺を流すためには細過ぎず、太過ぎないものがいい。

「このぐらいの太さのものでいいだろう」

「そうだな。そんくらいの太さでいいだろ」

直径二十センチくらいか。これくらいの太さであれば、流し素麺で使うにはちょうどいいだろう。

「そんじゃ俺はあっちの方で切ってくるわ」

「わかった。俺とセラムはこの辺りのものを切る」

竹は大きく近くに人がいると危険なので、互いに距離を取って竹を伐採することにする。

「よし、ゴム手袋とゴーグルは装着したな？」

「うむ、問題ない！」

「まずは竹の切り方を見せる」

俺は手近な竹に近づく。

「まずは竹がどちらに倒れたがっているのか重心を確認する。この場合だと奥に重心が偏っているので、切り口が開いていく手前にノコギリを差し込んで切っていくんだ。逆に裏から切ると、竹の重みでノコギリが挟まってしまうから注意が必要だ」

「なるほど」

説明しながらノコギリを動かしていくと、セラムが納得したように頷く。

「後は繊維に気を付けることだな。竹は割れやすいから繊維が飛び散ることがある。そのためにゴーグルで目を守ることは必須だ」

ゴム手袋を装着している理由も同じだ。

「以上が気を付ける点だ。できそうか？」

「問題ない！　任せてくれ！」

実にいい返事をするセラムに俺は竹伐採用のノコギリを手渡してやる。

すると、セラムは俺から少し離れた竹を見つけ、ノコギリを差し込んだ。

手慣れた動作でノコギリを操作すると、あっという間に竹を切断。

バキバキと音を立てて、竹がゆっくりと倒れた。

「こんな感じだな？」

「ああ、それで問題ない」

屋根瓦の修理作業の時と同じように実に手慣れた動きだったな。

工兵としての訓練を受けていたらしいので、こういったノコギリ作業も慣れているのだろう。

セラムが問題なく伐採できているのを確認すると、こちらもノコギリを動かす。

ちょっとした竹ならすぐに切れるが、二十センチほどの厚さになると竹も硬くなっており、なかなかすぐに切ることができないな。

しなりがあるせいか妙に動いてしまって切りづらい。

そんな感じで悪戦苦闘すること五分。ようやく一本の竹を切り落とすことができた。

「……意外と時間がかかるな。こんなことならチェーンソーでも借りてくればよかったか」

とはいえ、今さらそんな後悔をしたところで遅い。

今から取りに戻って借りるより、このままノコギリでやった方が早いのだから。

倒れた竹を引いて回収すると、セラムも三本ほど竹を持ってきた。

この短時間で三本も伐採できるとは、相変わらず身体能力が高いな。

「ジン殿、提案があるのだが」

「なんだ？」

「剣を使っても良いだろうか？」

竹を地面に置いたセラムが自らの腰に佩いたものに手を当てながら言う。

「それは剣で竹を斬るってことか？」

「その通りだ。おそらく、ノコギリで切るよりもずっと楽で時間も短縮できるだろう」

「そもそも剣で竹を斬れるのか？」

名人が刀で竹を斬ったりするのはテレビで観《み》たことはあるが、実際に斬れるのかどうか素人である俺にはわからない。

そもそもセラムが佩いているのは刀じゃなくて剣だ。綺麗に竹を斬れるものなのだろうか？

「ジン殿、私の腕を疑っているな!?　これでも私は王国に仕えていた騎士だ！　竹程度であれば、豆腐のように斬ってみせるぞ！」

心外だと言わんばかりに激昂《げきこう》してみせるセラム。

どうやら俺の疑問はセラムの騎士としての矜持《きょうじ》を逆なでするものだったらしい。

そこまで言うのであれば、やらせてやってもいいか。

ここは茂さんの所有している竹林で、許可をもらった俺たち以外に誰かが入ってくることはない。

唯一の懸念点である海斗は、俺たちから離れたところで竹を伐採しているし見られることもない。

「いいだろう。ならやってみろ」

「うむ。ジン殿は少し離れていてくれ」

言われた通り、セラムから距離を取る。

セラムは鞘に納められている剣をゆっくりと抜き放つ。

シャランと金属がこすれるような音が鳴り、白銀の刀身が露わになった。

普段は摸造刀《もぞうとう》をぶら下げているようにしか見えないが、こうやって抜いた姿を見ると迫力が段違いだ。

思えば、セラムがきちんと剣を構えている姿を目にするのは初めてだな。

鞘に手をかけた状態で。

固唾《かたず》を呑んで見守っていると、中段で剣を構えていたセラムが動いた。

そう思った瞬間には、すでに剣が振り抜かれていた。

一閃《いっせん》、二閃《にせん》、三閃《さんせん》と光が走ったかと思うと、遅れるようにして三本の竹が斜めに落ちた。

「すげえ！　竹が一瞬で斬れた！」

切り口を確認してみると、ノコギリで切ったものよりも遥かに綺麗に切断されている。

ただ単に鋭利な刃物で斬りつけただけではない、きちんとした技量の証《あかし》が断面にはあった。

「ふっ、これくらい騎士ならば当然だ」

平静を装っているつもりだが、セラムの表情はどことなく緩んでいた。

剣の技量を褒められて嬉しかったらしい。わかりやすい。

「それにしても、久しぶりに剣を振るうと気持ちがいいな」

どこかサッパリとした顔をしながらセラムが剣を見つめる。

「お前、作業時間短縮は建前でただ剣を振りたかっただけだな？」

ギクリと肩を震わせたセラムの反応を見て、俺は推測が正しかったことを確認した。

セラムにしては妙に提案が理屈的だったのでおかしいと思っていたのだ。

「うっ、しょうがないではないか！　ここに来るまでは毎日振っていたのだ。それがこっちでは銃刀法違反とやらのせいで満足に振ることができないのだぞ!?　私の気持ちにもなってみてほしい！」

毎日、弓道や剣道をやっていた者が、急に修練できなくなったかのような感覚だろうか。

俺にはそういった修練をやった経験がないので気持ちがわかるとはいえないが、今まで習慣化していたものを急に禁止されれば不満が溜《た》まるのも仕方がないのかもしれない。

明日から急に畑をいじるなとか言われたら、俺も途方に暮れてしまいそうだ。

何とかしてセラムに息抜きをさせる方法を考えた方がいいのかもしれない。

「なんかすげえ音したが大丈夫か？」

なんて考えていると、竹を担いだ海斗がこちらにやってきた。

「剣を仕舞え」

「あっ、ああ！」

ボーッとしているセラムに言うと、彼女は慌てて剣を鞘に戻した。

もう少し危機感を持ってもらいたい。

「同時に竹が倒れただけで問題はないぞ」

「そっか。おー、そっちは結構切ったなー」

「そっちは何本だ？」

「三本」

「これだけ切れば、茂さんに渡す分も十分だろう。そろそろ引き上げるか」

「だな！」

流し素麺をするには予備も含めて二本もあれば十分だ。

茂さんにお裾分けするために多めに切っただけなのでこれくらいで十分だ。

「ならば、これを車まで運べばいいのだな？」

「あはは、セラムさん。竹は結構重いから無理はしないで俺たちに任せれば――ええっ？」

へらへらと笑っていた海斗だが、セラムが一気に竹を三本担いだことで真顔になった。

「こう見えて力には自信がある。気持ちは嬉しいが、そこまで気を遣ってもらわなくて大丈夫だ」

一方、セラムはそんな海斗の驚きには気づかずに、にっこりと笑って歩いていった。

スタスタと歩いていくセラムの背中を呆然と見送る海斗。

「というわけで、セラムは力持ちだから気にしなくていい」

「……いや、力持ちってレベルじゃない気がすんだけど？」

俺の言葉に納得がいかないのか、海斗が竹を三本まとめて担ごうとする。

顔を真っ赤にしながら持ち上げようとするが、竹が持ち上がることはなかった。

「……………」

無理をせず、俺たちは二本ずつ肩に担いで車に運び込んだ。

20話 流し素麺

竹を持って帰った俺たちは、早速流し素麺をするために加工することにした。

「まずは竹を半分にするか」

庭に竹を下ろすと、鉈《なた》とハンマーを使って半分にする。

とはいっても全部切る必要はなく、三分の一ほど切れ込みを入れると持ち上げるだけで綺麗に割ることができる。

竹を半分に割ったら、美しい木目色が露わになった。が、ところどころに節があって邪魔なのでハンマーで潰す。それからノミでフラットにする。

この作業をさぼると、素麺が引っかかってしまって面倒なことになるからな。

節を潰し終わると、庭にあるホースを引っ張ってきて水が流れるか試す。

蛇口を捻《ひね》ると、ホースから水が出て竹の上を綺麗に流れてくれた。

「よし、後は組み立てるだけだな。俺は素麺を茹でてくるから組み立ては任せるぞ」

「オッケー」

ここまでくれば、三人も必要ないだろう。

組み立て作業は海斗とセラムに任せ、俺は家に戻って素麺の用意をすることに。

鍋に多めに水を入れると、そのままコンロで火にかける。

お湯が沸くまでの間に、ネギ、しょうが、ミョウガなどを刻み、ゴマを用意する。

定番の薬味メニューだけでは飽きてしまう可能性もあるので、きゅうりや炒《い》り玉子、シーチキン、キムチなんかも用意する。

味変食材を用意している間に鍋のお湯が沸いたので、そこにお中元でもらった素麺を入れていく。菜箸で麺を広げ、再度沸騰したら鍋に蓋をして火を止める。

素麺を茹でるのは、これだけで十分だ。

元々かなり麺が細いので強火で湯がいてしまうと粘りが出て、美味しさが損なわれてしまうのだ。だから、これで十分だ。

五分ほど経過して、鍋の中にある素麺を確認してみるときちんと茹で上がっていた。

素麺のぬめりを取るように冷水で洗ってやると、氷水で締める。

これで時間が経っても粘ついてしまうことのない素麺の完成だ。

素麺セットが完成したので、トレーに載せて縁側に持っていくと、ちょうどセラムの声が聞こえた。

視線をやると、長い竹が三脚によって支えられていた。見事な長さの流し素麺である。

「セラム、茂さんと実里さんに声をかけてくれないか？」

茂さんには竹を譲ってもらったからな。多めに竹を取ってきたとはいえ、せっかくだから招待するべきだろう。その方が素麺の減りも早いだろうし。

「わかった！　行ってくる！」

セラムはすぐに庭を飛び出して関谷夫妻のところに行った。

なんだか犬みたいだ。

「おっ、薬味だけじゃなくおかずまであるじゃん！」

「定番の薬味だけじゃ飽きるからな」

「ちなみにつゆは出汁《だし》から取ったやつ？」

「市販のやつだよ」

「だよなー」

さすがに出汁からつゆを作るような体力はないのでご容赦願おう。

というか、用意してもらっている分際で海斗にケチをつける資格はない。

「ジン殿、二人を呼んできたぞー！」

アウトドア用のハイチェアーなんかを用意していると、セラムが戻ってきた。

後ろには茂さんと実里さんがいる。

「茂さんのお陰でいい竹が手に入りました。ありがとうございます」

「おお、ちゃんといい竹が取れたようで良かったよ。まだ昼食を食べてなかったからお邪魔させてもらうね」

「どうぞどうぞ」

よしよし、これで戦力が大幅にアップだ。

今年は素麺を早く消費できそうだ。

「ご馳走《ちそう》になりっぱなしというのもアレだから、手土産を持ってきたわ」

お？　もしかして、素麺に合うおかずとかだろうか？　実里さんの料理はなんでも美味しいのでありがたい。

などと期待していたが、手渡されたのは素麺だった。しかも、三十六束入り。

「また素麺……」

「ごめんねえ。うちにも大量に届いちゃって困っていたところなの。歳を取ると、食欲が落ちるから、元気なジンちゃんとセラムちゃんで食べちゃって」

「は、はい。心遣いありがとうございます」

日頃お世話になっているし、お歳を召した二人の言葉を聞いては突き返すこともできない。

素麺の消費を早く図るつもりが、むしろ増える結果となってしまった。

「ハハハ、今年のお裾分け戦争はジンがボロ負けだな」

項垂れる俺を見て、海斗が愉快そうに笑った。

「うるさい。わざわざここまで用意してやったんだ。お前もそれなりに貢献しろよ」

「わかってるわかってる。流し素麺になるとテンション上がってよく食うから！」

恨めしげな視線を送ると、海斗は呑気に笑いながらサムズアップした。

人数分の食器やつゆを用意すると、いよいよ流し素麺の開始だ。

客人たちに流し役をやらせるわけにはいかないので、俺が素麺の流し役をすることにした。

流し台の先にはセラム、茂さん、実里さん、海斗といった順番で並んでいる。

それぞれがつゆの入った茶碗と箸を手にしており準備万端のようだ。

「セラムちゃん、頑張って麺をすくうのよ」

「わかった！　ミノリ殿！」

実里さんに声をかけられ、セラムが箸を握って流れる素麺に備える。

どうやらセラムが流し素麺を初めてだと知って、応援してくれているようだ。

セラムはまだ箸の扱いが不慣れなので、きっちりと摑めるか不安だが、それも醍醐味《だいごみ》という
ことで頑張ってもらおう。

「んじゃ、流すぞー」

声をかけると、俺はざるから麺を持ち上げて投下。

着水させた瞬間、素麺が水流に乗ってスーッと流れていく。

それは先頭で待ち構えていたセラムの元に瞬く間に届いた。

「今だ！」

セラムはカッと目を見開くと、素早く箸で麺をすくい上げた。

しかし、その箸に絡まった麺はたったの数本だった。

「おや？」

「ゲットー！」

残った素麺は茂さんと海斗が半分ずつすくい上げることになった。

「美味い！」

「うん、この季節は冷たいものが特に美味しいね」

ズズズと気持ちのいい音を立てて、海斗と茂さんが舌鼓を打った。

「うう、私の素麺が……」

「大丈夫よ。セラムちゃん、素麺はまだまだたくさんあるから」

「そうだな。頑張る！」

シュンとしていたセラムだが、実里さんに励まされて持ち直した。

ついでに箸の持ち方も教えられている。不器用ながらも形にはなっているので次は摑めるかもしれないな。

そんな様子を見ながら俺は続けて第二陣を投下。

セラムが摑みやすいように気持ち多めに麺を流してやる。

「取れた！　取れたぞ、ミノリ殿！」

するると、今度は無事にすくえたようでセラムの箸には素麺の束が絡んでいた。

すくえたことを誇るセラムを見て、皆が拍手をした。

「よくできたわ。早速、つゆにつけて食べてみて」

「うむ！」

実里さんに促されて、セラムがすくった素麺をつゆに浸して食べた。

「ッ！　素麺というのは冷たくて美味しいな！　うどんよりも麺が細いからか、のど越しがとてもいい！」

素麺を食べて感激したような表情を浮かべるセラム。

うどんを気に入っていたみたいなので問題ないと思っていたが、素麺も問題なく味わえているようだ。

セラムが感激している間に、俺は三陣、四陣、五陣と連続で麺を投下する。

実里さん、茂さん、海斗はセラムのような危なげはなく、サラッとすくって食べてくれた。

いいぞ。いいぞ。たくさん食べて素麺の消費に貢献するのだ。

「ドンドン流すからなー」

皆の食べるペースを確認しながら、俺は次々と素麺を流していく。

流し役は退屈のように思えるかもしれないが、意外と麺を水に流す作業は楽しいので苦にならないな。

最初はすくい損ねることが多かったセラムだが、徐々にコツを摑んできたのかすくい損ねることが減った。

「セラムちゃん、すくうのが上手になったわね」

「ミノリ殿の指導のお陰だ。私がいる限り、後ろに麺は通さない！」

「いや、適度に通してくれないと俺が食えないんだけど……」

セラムが上達してしまった半面、最後尾に位置する海斗の取れる量が減っているようだ。

そんなやり取りも流し素麺の醍醐味といえるだろう。

悲しそうにする海斗を見て、実里さんと茂さんが笑った。

「ジン殿、私が変わろう」

楽しげな光景を見ながら素麺を流していると、セラムがこちらにやってきた。

「お前は初めてなんだし、楽しんでいればいいさ。変な気は遣わなくていいぞ」

「いや、その気持ちもあるのだが、単純に私も麺を流してみたいのだ」

どうやら気遣い半分、好奇心半分だったようだ。

本人が進んでやりたいというのであれば、やらせてもいいだろう。

「……そうか。なら、やってくれ」

「うむ！」

俺はセラムと交代し、麺と菜箸を預けた。

「僕たちはお腹が膨れてきたから仁君と、海斗君が前に行くといいよ」

「ありがとうございます」

二人はほどほどにお腹が満たされたみたいなので、俺と海斗が前で陣取ることになる。

「では、いくぞー！」

上段に陣取っているセラムが声をかけ、ざるからすくった麺を流してくる。

しかし、その麺の量が明らかに多かった。最初は勢いよく流れていた麺だが、真ん中辺りで止まってしまう。

「おお？　麺が止まってしまったぞ？」

「流す麺の量が多すぎだ」

「なるほど！」

セラムは納得したように頷くと、止まってしまった麺の塊に菜箸を突っ込んだ。

すると、ほぐされた麺がはらりと解けて流れてくる。

「ジン！　これかなりすくわないと下に流れるぞ！」

「めいっぱい摑め！」

ほぐされたとはいえ、流れてくる麺の量が減るわけではない。

海斗と俺は可能な限りで麺をすくった。

すると、なんとか無事にすくえたようで麺が下に流れることはなかった。

代わりに茶碗には一口とは言えない量の素麺が入っているが……。

それでも素麺であることに変わりはない。

つゆにヒタヒタになった麺をすする。

「うん、美味いな」

細い麺ながらもしっかりとしたコシがあり、小麦や塩の風味がしっかりと感じられた。

なによりのど越しがよく、冷たいつゆに浸けて食べると最高だった。

「これを食べると夏って感じがするよな」

「確かに」

毎年、お中元の素麺で苦しめられている身としては、これを食べることで夏が来たかという感じがするな。

「次、いくぞー」

「ほどほどの量で頼むぞ」

食べ終わると、セラムがまた次の麺を流してくれる。

今度は一口サイズで食べられる量で、途中で詰まるようなこともない。

海斗と俺が普通にすくい上げて食べる。

うん、やっぱり流し素麺といえば、一口サイズの量をドンドンと食べていくものだろう。

さっきのような大容量はなんか違う。

つゆと絡んだ麺がちゅるりと喉の奥へ過ぎていく。

ミョウガ、ネギ、しょうがといった薬味も麺に合っており、実に爽やかな味わいをしている。

暑さや疲労で食欲がなくても冷たい素麺ならば、いくらでも身体に入る思いだ。

「セラムちゃん、次は私が流すわよ」

「ありがとう、ミノリ殿」

しばらく食べていると、実里さんが流し役を交代してくれる。

「さあ、若者はドンドン食べるんだよ」

あれ？　なんだか皆に食べてもらって麺を消費させるはずが、いつの間にか消費する側になっているような気がする。まあ、細かいことは別にいいか。

俺たちは流れてくる麺をすくって、たくさん食べた。

21話 トマトの収穫

朝食を食べ終わると、俺とセラムはいつも通りに家を出てビニールハウスに向かった。

「ジン殿、今日も長ナスの収穫か？」

「いや、今日はトマトの収穫をする」

うちのビニールハウスでは長ナスだけでなく、トマトも栽培している。

「そういえば、以前の大市場でトマトも育てていると言っていたな。楽しみだ」

大市場というのはショッピングモールの食材売り場のことだろう。

野菜売り場で長ナスが売られているのを見て、他にどんな野菜を育てているか軽く説明したからな。

ビニールハウスをくぐると、中にはたくさんのトマトの苗が並んでいる。

「長ナスに比べると、背丈は低くて、そこまで葉は生い茂ってないのだな」

「収穫しやすいように邪魔な葉を切っておいた」

邪魔な葉があると、実に栄養がいかなくなってしまうので切っておく必要があるし、収穫するときにも邪魔になるのだ。

「ただ単に水をやって育てればいいというわけではないのか」

「そうだな。それぞれの野菜の特徴に合わせて、効率良く栽培する必要がある。そのために温度を調節したり、場所を移し替えたり、葉っぱや実を落としたり、肥料を追加で与えてやらないといけない」

そもそもトマトの場合は実が生《な》ったところより下の葉は必要ない。

株元をスッキリとさせ、風通しをよくしておかないとカビなんかの病気が発生しやすくなるからな。

かといって意味なく落としすぎれば、十分に光合成ができなくなって実が生るための養分が作れないので見極めが大事だ。

「日頃、私たちが食べているものは、ジン殿のような農家が細かく面倒を見て栽培してくれているのだな。ここに来るまではそんなことはまるで知らなかった」

「農業に興味のない人は、育つまでの工程なんか気にしないからな。まあ、そういった苦労を知った上で食べてもらうと全国の農家も喜ぶだろうよ」

「うむ、だからジン殿にも感謝してるぞ！」

「……そりゃどうも」

今まで一人で野菜を育てて、納品してくる生活で、実際に消費者からそこまで礼を言われるようなことはなかった。

だから、こういった言葉を言われた時にどう反応したらいいかわからないのが正直な気持ちだった。一体、どういう反応をするのが正解なのだろうな。

「そんなわけで、早速収穫に入るぞ」

「どうやって収穫すればいいのだ？」

「特に難しくはない。手でもぎ取って、ハサミで無駄なヘタ部分を落としてくれればいい」

「わっ！」

長ナスの時と同じように台車に載せたコンテナを押し、実際に収穫して手本を見せる。

すると、なぜかセラムが驚いたような声を上げた。

「どうした？」

「そのトマトはまだ青いが収穫してしまっていいのか!?」

何を驚いているのかと思ったが、どうやらまだ青いトマトを収穫することに驚いていたようだ。

収穫したトマトは少し赤みがかかっているけど、まだまだ青いと言える。

「ああ、これはこれでいいんだ。農協に出して、箱詰めしたりしている間に日数が経過し、追熟されて赤くなるからな」

「ついじゅくというのは……？」

「野菜や果物の中には収穫後一定期間置くことで、甘さが増したり柔らかさが増すものがあるんだ。そういったものにはこういった下処理をするんだ」

「そのような手法があるのだな」

「今の暖かい季節だとあっという間に追熟されるからな。赤くなって収穫し、出荷していたらお客の手元に届くころには傷んでしまう」

「なるほど。では、そこにある既に赤いものはどうするのだ？」

セラムが指さした先には真っ赤に実ったトマトがあった。

偉そうに語った矢先に、典型的なミスが発覚して恥ずかしい限りだ。

一番下の段に生るトマトなんかは他の葉っぱに隠れがちでよく見落としてしまう。

俺だって人間だ。こういったちょっとした見落としやミスくらいある。

「…………ああいうのは無人販売所に置くか、適当に俺たちで食べるしかない」

今から出荷しても美味しさのピークを過ぎてしまう。そんな商品は売り物にならない。

「つまり、食べてもいいのだな？」

「収穫して落ち着いてからな」

「そうか……」

今すぐ食べたそうにしているセラムを落ち着かせ、先に作業をしてもらうことに。

ちょっとした他の注意点を教えると、セラムは台車を転がしてトマトを収穫していく。

うん、トマトの収穫も問題なさそうだな。

今の畝をセラムに任せて、俺は別の畝のトマトを収穫することにする。

台車を押しながら青々とした大きなトマトを見つける。

手で直接摘み取ると、邪魔なヘタを落とす。

ヘタを残しておくと輸送中にヘタと実が擦れて傷がついてしまうからな。

きちんとヘタを落とすとコンテナに入れた。

他に育っているものがあれば同じように収穫してはコンテナに入れる。

ひたすらにそれを繰り返す作業だ。

「うう、これはなかなか腰にきそうだ」

収穫していると、セラムの姿は見えないがそんな呻き声が聞こえた。

「一段目のものをチェックするのは大変だからな」

一段目のものを確認するには、大きく腰を落とさなければいけない。

何度も屈《かが》んでは立ち上がってを繰り返すトマトの収穫作業はなかなか重労働だ。

上段の収穫であれば、ほとんど屈む必要がないので楽なんだけどな。

「赤くなった実だ！　これも穫っていいか？」

「ああ、穫ってくれ」

「おっ！　また赤いものがあったぞ！」

セラムに悪気はないのはわかっているが、あってはいけないものを喜んで見つけられると複雑な気持ちだ。

くそ、次の収穫は絶対に見つけられないように育ててやる。

ガラガラと台車を押してトマトの収穫をしながら、そんな決意を固める俺だった。

●

トマトの入ったコンテナを軽トラックの荷台に載せた。

「ふう、こんなものか……」

「今日の収穫作業は終わりか？」

「そうだな」

「では、このトマトを食べていいか？」

セラムがジャージのポケットからいくつかの赤いトマトを取り出して言う。

「きちんと洗って食べろよ」

「わかった！」

そう言うと、セラムはトマトを持って洗い場へと移動。

蛇口を捻ってトマトを水で洗いだす。

早朝から収穫作業を続けているが、時刻は既に昼前だ。

これからすぐに出荷するため昼飯を食べる時間がないので、休憩がてらトマトでも食べておこう。

俺も収穫中に見つけた赤いトマト二つを洗うことにした。

真っ赤な実に透明な水滴がついた姿が美しい。

日の光にかざすと、トマト自体が輝いているように見える。

ヘタ、色、艶、硬さ……完璧だな。ここにあってはいけない状態なのだが、こういうのを食べられるのも生産者の特権だ。気持ちを切り替えていただくことにしよう。

先に洗い終えたセラムが、簡易椅子に座ってトマトを食べた。

「甘い！　それに思っていたよりも果肉がしっかりしているのだな！」

「うちのトマトは身がしまっているのが特徴でな。甘みと酸味のバランスがいいんだ」

一般的なトマトは果肉が柔らかく、まる齧《かじ》りをすると果肉が弾けてしまうがうちの品種ならその心配もない。思う存分にかぶりつける。

セラムが美味しそうに食べるのを横目に、俺も椅子に腰を下ろしてかぶりついた。

強い甘みとほど良い酸味が口の中で弾けた。皮も果肉もしっかりしている。

柔らかいトマトも悪くはないが、俺はこれくらいしっかりしている方が好きだな。

……輸送中に傷つくことも少ないし。

そんな現実的な農家の悩みは放っておいて、トマトを食べ続ける。

喉が渇いていたので瑞々しい果肉が実に良い潤いだ。

ほのかな酸味が労働をした後の身体に心地よく染みるようだな。

お腹が空いていたこともあり、あっという間に二個とも食べ終えてしまった。

セラムは四個目のトマトを食べ始めている。

「……あんまり食べるとお腹を壊すぞ」

「食べすぎるとよくないのか？」

「トマトの皮は消化吸収されない食物繊維で構成されている上に、水分が多いからな。あんまり食べすぎると、お腹が緩くなる可能性があるんだ」

「昔からお腹は強い方だが、ジン殿の忠告に従ってこの辺りにしておこう」

異世界人であるセラムにも適応されるかはわからないが、何事もほどほどが一番だ。

どんなにいいものでも食べ過ぎれば毒となる。野菜や果物であろうとそれに変わりはない。

「さて、そろそろ休憩は終わりだ。俺は収穫したトマトを出荷してくる」

「ジン殿、私も行っていいだろうか？」

椅子から立ち上がると、セラムも同様に立ち上がって言ってきた。

「別に面白いものなんてないぞ？」

「それでもいい。私たちが収穫したものが、どのように運ばれるか見ておきたいのだ」

まあ、自分で収穫したものがどんな風に運ばれるか気になる気持ちもわからなくもない。

そこまで面白い光景があるかはわからないが、本人が望むのであればいいだろう。

「わかった。なら、付いてきてもいいぞ」

「ジン殿、感謝する！」

セラムは留守番させるつもりだったが予定を変更して、出荷に連れていくことにした。

運転席に乗り込むと、セラムが助手席に座る。

「おお、ここは眺めがいいのだな」

ショッピングモールに車で行った時は、セラムと夏帆は後ろの座席だったからな。

セラムが前の席に座るのはこれが初めてになるのだろう。

「ちゃんとシートベルトは締めろよ」

「わかっている。ちゃんとカホ殿に教えてもらったからな」

セラムはスルスルとシートベルトを引っ張ると、しっかりと身体を固定させた。

……胸があるせいかシートベルトが胸に食い込んでラインがくっきりと出てしまっているな。

「……ジン殿、私はシートベルトの着け方を間違っているだろうか？」

当の本人はまったく気づいていないようだ。無防備なところが少し心配になるな。

「いや、問題ない。じゃあ、出発するからな」

男にとっては目に毒な光景だ。俺はすぐに視線をそらし、邪念を払うかのように軽トラを発進させた。

下着を買った状態でこれなので、買っていなければもっとすごいことになっただろう。
買い物に付き合ってくれた夏帆には感謝だな。

22話 農協

車で走ること二十分。俺たちは地元の農業協同組合所にたどり着いた。

組合所の前にはたくさんの軽トラやバンなどの車が並んでいる。

「ここがジン殿の卸し先なのか？」

助手席から組合所の建物を見上げながらセラムが尋ねてくる。

「ああ、卸し先の一つだな。ここは農業協同組合っていう場所だ」

「農業協同組合というのは？」

「農家たちの扶助組織みたいなもんだ。農家といっても一つ一つの規模は小さいからな。助け合っていかないと厳しいところがある」

「助け合うとはどういったことをするのだ？」

「一緒に肥料を買って使ったり、農作業機械を買って共有したりするな。肥料はともかく、機械なんかは一人で買うととんでもない金額が必要になるからだ。あとは農家同士で情報を交換できるのもメリットだな」

最近流行っている病害を知ることで備え、対策することができるし、おすすめの肥料や栽培方法を試してより効率的で美味しいものを作れたりする。

そういった情報のやり取りも農協に所属するメリットの一つだろう。

「なるほど。冒険者ギルドのようなものか」

概要を説明すると、セラムが納得したように頷く。

異世界の冒険者ギルドとやらがどんな組織かはわからないが、イメージしやすいものがあるならそれでいい。

「それで農業協同組合とやらはどんなことをしてくれるのだ？」

「野菜や果物を買い取ってくれて卸売り市場に出荷してくれるんだ。面倒な事務作業や販売の開拓なんかは一切する必要がない」

「ほう、それは非常に便利だな！」

「ただ、組合に入るにもデメリットはある」

「それは？」

「価格の設定権がないことだな」

通常、自分で作ったものは自分で値段を設定することができる。しかし、組合に提出した場合は値段の決定権は組合にある。

たとえば、今回出荷するトマトはとても品質が良く四百円の出来栄えだ。と自分で思っても、組合が二百円だと査定を出せばそうなってしまうのだ。

「それは困る！　いいものを作っても安く買い叩かれてしまうではないか！」

「組合も意地悪しているわけじゃない。地域の流通や季節を見て値段を査定しているだけだ。その代わり、俺たちのような小さな農家でも誠実に対応して買い取ってくれる。大量に持ち込んでも買い取りを拒否されることもないしな」

「な、なるほど。それぞれの良さがあるのだな」

「そうだな。逆に例に出したもののように良い物を高く売りたいなら直売がいい」

「ジン殿の美味しい野菜であれば、そちらがいいのでは？」

「その代わり、すべての事務作業を全部やらないといけないんだ」

マーケティング、販路開拓、営業、価格交渉、ｗｅｂページ作成、広告ポスター作製、納品書や請求書などの書類作成をすべて自分でやらないといけないのだ。

それらを全部一人でするのは現実的ではない。

「美味しい野菜をたくさん作っても、ちゃんとお客の手元に届かなければ意味がないからな」

ただ何も考えずに美味しいものをたくさん作ればいいというものではないのだ。

そんな風に話していると、車が進んで組合所に入ることができた。

組合所に入ると、軽トラから降りてトマトの入ったコンテナをひたすらに下ろす。

いつもは一人だが力持ちのセラムがいてくれるお陰でとてもスムーズだ。

荷台からコンテナをすべて下ろし終えると、誰が作ったものかわかるように伝票を置いておく。

ここで俺たちの役目は終わりなので、適当なところで帰るのだが、今回はセラムが出荷までの流れを見たいようなので留まることに。

しばらくすると、フォークリフトがやってきて俺たちの収穫したトマトの入ったコンテナを集荷所へと次々運んでいく。

「お、おお！」

普段目にすることのない機械を目にしてセラムが驚きの声を上げる。

しかし、その興奮した様子は徐々に冷めていく。

「……ジン殿、あれなら人が運んだ方が早いのではないか？」

「この世界の住民は、お前みたいに魔法が使えるわけじゃないんだよ」

セラムからすれば遅い上に、運べる量も少ないのかもしれないが一般人にとってはとても便利で心強いのだ。ファンタスティックな異世界を基準にしないでもらいたい。

運ばれたコンテナはそのままベルトコンベアに載せられ、二階へと運ばれていく。

「あっ、私たちのトマトが……」

「二階の選果場も見ていくか？」

「見たい！」

残念そうにするセラムに言ってみると、嬉しそうに笑った。

作業場に無暗に立ち入るのはよくないが、きちんと許可を取って節度を守れば問題ない。

わくわくした様子のセラムを連れて階段を上がり、見学の許可をもらって中に入る。

ここではたくさんのベルトコンベアが稼働しており、集荷されたコンテナがいくつも流れていた。

「すごい量のトマトだな」

「俺たち以外のトマトもあるからな」

付近の農家たちが収穫したものが一気に集まっているので、トマトの数は膨大だ。

しかし、これでも全国的に考えるとほんの一部でしかないのだからすごい。

「あっ、私たちのトマトだ！」

見学していると、ちょうど俺たちの目の前をコンテナが通った。

それを追いかけていくと、やがてコンテナからトマトが出され、仕分け員のところへと流れていく。

「あそこで形、色、大きさ、傷なんかを査定して秀品、優品、良品とランク分けされるんだ」

「私たちのトマトはどのランクなのだ？」

「今回は出来が良かったし、優品……が多いはずだ」

仕分け員を凝視していると、優品へと仕分けられているものが多かった。

「うん、前よりも優品の割合は多いな」

「それはいいことだな」

やがて仕分けされたトマトが仕分け員によって箱詰めされていく。

「さすがは俺の育てたトマト。めちゃくちゃ綺麗だな」

「うむ、他のトマトよりも輝いて見えるぞ」

自分たちのトマトを自画自賛していると、仕分け員たちが苦笑する。

自分の手で育てたトマトだ。一番可愛いに決まっている。

やがて箱詰めされたトマトは機械によって梱包《こんぽう》され、ベルトコンベアによって一階に運ばれる。

傍には大型トラックが待機しており、フォークリフトが次々とトマトの箱を積み込んでいた。

「最後にああやってトラックに積まれて、全国に運ばれるってわけだ」

「おお、あの車はどこに行くのだ？」

「九州だって聞いたな」

「それは結構遠いのか？」

「車で行っても十五時間以上かかるな」

「ジン殿の車でそれくらいかかるのであれば、かなり遠いところなのだな。そんなところにまで運べるとは、組合所とはすごいのだな」

飛行機や新幹線を使えば、行くだけならもっと短時間で済むのだが運ぶとなれば別だ。

個人で販路を持つことはなかなか現実的ではない。そういった場所に販売できるのも組合所のメリットだろうな。

「さて、そろそろ帰るとするか」

俺たちのトマトは既にトラックへと積み込まれた。

十分に施設も見学したし、これ以上の長居は迷惑だ。

俺たちは組合所を出て、駐車場に停《と》めた軽トラに乗り込んだ。

「出荷を見るのは面白かったか？」

「うむ、収穫した野菜がどのように運ばれていくのか見ることができて良かった。連れてきてくれて感謝する」

「そうか。また余裕のある時は連れてきてやるよ」

「ぜひとも頼む！」

23話 スーパーで買い物

「せっかくだし、スーパーで夕飯の買い物をするか」

農業協同組合でトマトを出荷した帰り道。地元にあるスーパーを目にした俺はハンドルを切った。

「スーパーとは市場のことだな？」

「言っておくが、この間みたいに大きな場所じゃないからな？」

「うむ。わかっている」

ショッピングモールの食料品売り場のような場所を期待されると困るのだが、さすがに建物の大きさから理解できているようだ。

駐車場に軽トラを停め、スーパーの中に入ると冷気が俺たちを迎えた。

「前も思ったが、スーパーという場所は涼しいな」

「食材を扱う場所だからな」

車内でも冷房を稼働させていたとはいえ、スーパーの冷房と比べると出力は大違いだ。

この季節はスーパーの店内が天国と化すのは毎年のことだな。

店内に入るなり、セラムがカゴを手にしてカートに載せてくれる。

随分とカートを押すのを気に入ったらしい。そんなセラムの行動に和みながら左側にある野菜売り場からめぐっていく。

「今日は何を買うのだ？」

「夕食の献立次第だな。一応、トマトを使った料理にしようと思っている」

休憩中に食べたもの以外に赤くなってしまったトマトは残っているからな。

そのまま食べるのもいいのだが、せっかくなので調理して味わいたい。

「おお、トマト料理か！　いいな！」

「トマトを使った料理でセラムは食べたいものとかあるか？」

「私はなんでもいいぞ――って、ジン殿!?　どうしてそんなげんなりとした顔になる!?」

「……そのなんでもいいって言うのが一番困る」

自分一人だったら適当な料理でもいいのかもしれないが、今はセラムもいる。

こちらにやってきたばかりの彼女のために、できれば色々なものを食べさせてあげたい。しかし、色々と選択肢があるが故に、一人で考えると沼にハマるような感覚になるのだ。

だから、こういう時は何でもいいから希望を言ってほしい。

まあ、それを絶対に作るかどうかは別問題だが。

「ああ、なんだかその台詞は使用人や母上にも言われたような気がする。えーっと、トマト料理だな……」

献立に困っていることを伝えると、セラムが慌てたように考える。

「えっと、トマト煮込みのような料理が食べたい！　あと、チーズを載せた焼いたものとか！」

それからほどなくして希望を述べてくれた。思っていたよりも具体的な回答だった。

故郷で似たような料理を食べていたのかもしれない。

「なるほど。それなら鶏のトマト煮込みとトマトファルシでも作ってみるか……」

幸いにしてそこまで調理が難しいものでもない。

セラムの希望をもとにすると、スルスルと頭の中で献立が湧いてきた。

それに必要なタマネギ、合挽《あいび》き肉《にく》、チーズ、鶏肉といった必要な食材をカートに入れていく。

「ジン殿！　卵のパックが一人百円だぞ！」

「それは安いな！　二人分入れとけ！」

「わかった！」

にしても、こうやって並んで買い物をしていると本当に夫婦みたいだな。

とはいっても、それは仮初めの姿で実際はただ同居している雇い主と従業員にしか過ぎないのだけどな。我ながらバカなことを考えたものだ。

そんなことを思いながら歩いていると、不意にカートを押すセラムが止まった。

その視線はパンコーナーへと固定されていた。

そういえば、セラムの故郷ではパンが主食だったな。やはり、食べなれたものが気になるのだろう。

「夕食の主食はパンにするか」

「いいのか!?」

思わず口にすると、セラムが顔を輝かせて振り返る。

「夕食のラインナップからして主食をパンに据えるのもアリだからな。合いそうなものを選んでいいぞ」

「わかった！」

そう言ってやると、セラムはカートを押すのも忘れてパンコーナーへと寄っていった。

「食パンにするかバターロールにするか、それともバゲットにするか……むむ、種類が豊富で悩ましい！」

「全部買ったら食べきれないから、うちで出す分は二つまでな」

「では、食パンとバターロールにする！」

などと言うと、セラムは五分ほど悩んだ末に二つのパンをカートに入れた。

「個人的に欲しいものがあったら好きに買ってもいいんだぞ？」

「では、このバゲットとあんぱんを！」

セラムがあまりにも思い悩んでいたのでそう言ってみると、セラムは瞬く間にパンを持ってきた。

さらにパンが増えている。

「セラムのお金だから好きに使ってもいいんだが、ちゃんと食べきれるんだよな？」

「問題ない！」

結構な量になってしまうが、セラムは問題ないとばかりに胸を張った。

彼女が通常よりも食べることは知っているので、食べ残すようなことはないか。

「なら、別にいい。俺は適当に日用品なんかを買ってくるから、他に欲しいものがあったら自分で買ってくれ」

「わかった！」

セラムは新しくカゴを手にすると店内を歩きだした。

さすがに狭いスーパーの中であれば、迷子になることもないだろう。

ちょっとした自由な買い物時間。ちょうど切れかけていたボディソープや入浴剤、スポンジ、台所洗剤などといった日用品を買い足していく。

思い浮かぶ必要なものを買い揃えると、十五分が経過していた。

レジに向かう前にセラムの様子を確認しよう。

そう思って店内を歩くと、真剣な顔でお菓子売り場を物色しているセラムがいた。

一人だけ異様な空気を発しているせいで、周囲にいる幼児たちを警戒させている。

何をやっているんだかアイツは……。

「欲しいものは決めたか？」

「ああ！　これらを買う！」

大容量チョコをカゴの中に入れたセラムが、誇らしげに言った。

突き出されたカゴの中には、大量のお菓子がパンパンに入っていた。

「お前は子供か……」

いや、今時の子供ならこんなに頭の悪い買い方はしないに違いない。

「なっ！　別にいいではないか！　これは私が働いて得た正当な対価なのだろう!?」

「だとしても限度があるだろ。全部食べたら健康にも悪い。減らせ」

「くっ、好きなものを買っていいと言ったのに理不尽ではないか……」

きっぱりと告げると、セラムはいじけながらいくつかのお菓子を棚に戻した。

カゴの中のお菓子が半分になったところで許可を出すと、セラムは一人でレジに向かって精算をした。

自分で働いて稼いだお金とはいえ、さすがにあれは酷い。

無作為に選んでいたせいで高いものも含まれており、おおよその値段は五千円を超えていた。

ただでさえ、身寄りがない状態なのでもう少しお金の使い方には慎重になってもらいたいものだ。

共用での食材の買い物を済ませ、袋詰めすると駐車場に停めてある軽トラへ。

「……ジン殿、スーパーに戻りたいぞ」

「気持ちはわかるが我慢しろ」

長時間太陽の下にいたからか、車内は猛烈な熱気に包まれていた。

冷蔵庫のようにキンキンに冷えたスーパーの中にいたので、なおさら暑さが苦しく感じられる。

扉と窓を全開にして換気させると、すぐに冷房を起動させた。

そうして車内の温度が落ち着いたところで、俺とセラムは座席に乗り込んだ。

シートベルトを装着すると、車を発進させて駐車場を出た。

しばらく、道を走っていると助手席にいるセラムがガサゴソと袋を漁《あさ》りだした。

どうやら買ったばかりのお菓子が気になるらしい。

「……ジン殿、少しお菓子を食べてもいいか？」

「食べてもいいがこぼすなよ？」

「感謝する！」

許可を出すと、セラムは大容量チョコを開けた。

直方体のチョコを包んでいるビニールを剝がすと、ぱくりと口にした。

「んん！　このチョコとやら、甘みと苦みが絶妙で美味しいな！」

「それはよかったな」

初めて食べるチョコはそりゃ美味いだろうな。

もうちょっと深く共感してやりたかったが、運転している最中なので仕方がない。

「ジン殿も食べてみてくれ」

「いや、運転してるから無理だ」

信号で止まっている状態ならともかく、大通りを走行中の今は危険だ。

「じゃあ、あーんだ」

「あ、あーん？」

きっぱりと突っぱねると、セラムは何を考えたのか口元にチョコを差し出してきた。

そのままにしておくのも邪魔なので困惑しつつも、口を開いて食べさせてもらう。

チョコの甘みと独特な苦みが口の中で広がった。

思っていたよりも身体は疲れていたのか、チョコの甘みが優しく体内に染みこむようだった。

「たまに食べるといいもんだな」

などと感想を漏らしながら視線をやると、そこには顔を真っ赤にしたセラムがいた。

「…………」

「いや、恥ずかしいならやるなよ」

24話 洋風夕食

「そろそろ夕食でも作るか」

「私も手伝おう」

スーパーから帰宅して適度に休憩したら、夕食を作ることにした。

リビングから台所に移動すると、セラムもついてくる。

料理が不慣れな女騎士であるが、用意をする時は毎度手伝ってくれるので助かる。

「まずはトマトを洗ってくれ」

「わかった」

今朝、収穫したトマトを手渡すと、セラムがシンクの中で丁寧に洗ってくれる。

その間に俺は冷蔵庫から料理に必要な食材を出したり、フライパンなどの調理器具の用意をする。

「洗い終わったぞ」

「じゃあ、俺がヘタを取っていくからこんな風にざく切りにしてくれ」

トマトのヘタを包丁の切っ先でくりぬいて横半分に切る。

それから切り口を下にして、二センチ幅くらいで縦と横に切る。

実演すると、セラムはおそるおそるトマトをざく切りにし始めた。

「剣の扱いはあれだけ達者なのに包丁の扱いは不器用なんだな」

剣で竹を斬った光景がすごかっただけに、包丁を握ってトマト相手に四苦八苦しているセラムが残念でならない。今のセラムは間違いなく、せらむだ。

「うっ、包丁は握ったことがないのだ。短剣を使わせてもらえれば、もう少し手際よく捌《さば》ける気がするのだが……」

「そんな物騒なもの家に置けるか」

誰かに見つかった時どうやって言い訳するというんだ。

腰に引っ提げている剣だけでいっぱいいっぱいだというのに、これ以上物騒なものは増やさせないでほしい。

トマトの下処理をセラムに任せると、ニンニクを薄切りにし、タマネギを薄切りとみじん切りにしておく。

そういった食材の下ごしらえをしていると、セラムがトマトをざく切りにできたので耐熱容器に入れて電子レンジで五分ほど加熱。

「じゃあ、これを潰してくれ」

「大切に育てたトマトを潰してしまうのか？」

マッシャーを渡しながら言うと、セラムがショックを受けたような顔になる。

収穫した野菜に愛着を持ってくれるのはいいことだが、変な愛情は抱かないでほしい。

「美味しく食べるためだからな」

「ああ、すまない。お前たち……」

きっぱりと言うと、セラムはもの悲しそうな顔をしながらマッシャーでトマトを潰していく。

その間に俺は鶏モモ肉を食べやすい大きさにカット。塩、胡椒《こしょう》を振って下味をつける。

熱したフライパンの上に薄切りにしたニンニクとタマネギを入れた。

ある程度炒められたものを別皿に移し、鶏モモ肉をフライパンで焼く。

鶏モモ肉の両面が炒められたら、鍋に入れてタマネギとニンニク、セラムが潰してくれたトマトを投入。水、ケチャップ、コンソメキューブ、はちみつ、白ワインなどを入れた。

「あとは弱火でじっくり煮込んだら鶏のトマト煮は完成だな」

「おお、トマトの香りと鶏肉の香ばしさが漂ってもう美味しそうだ！」

セラムが辛抱堪らなさそうな顔をするが、まだ出来上がるには時間がかかる。

「次はトマトのファルシを作るぞ」

「ファルシとは？」

「トマトの詰め物のことだ」

「おお」

手早く一品が作れたので、次はトマトのファルシに取り掛かることにする。

「トマトのヘタを取ると、底を少しだけ切り落とす。さらにヘタ側の上部を一センチほど切り落として、スプーンで中身をくり抜く」

説明しながら実演すると、セラムも真似をしてトマトの器を作っていく。

繊細な包丁さばきのいらないものは割と手際がいいな。

トマトの器ができると、ボウルに小麦粉を入れ、くり抜き部分やヘタ部分を刻んだトマトを入れる。さらに合挽き肉、炒めたタマネギ、塩、胡椒を入れてやる。

「よし、これを手で混ぜてくれ」

「手で？　いいのか!?」

「構わん。やってしまえ」

そう言うと、セラムがボウルに手を突っ込んで肉ダネを混ぜ始めた。

「冷たくてムニュムニュする」

慣れない感覚にビビりっぱなしのセラムだが、きちんと粘り気が出るまで混ぜてくれた。

肉ダネができると、オーブンの天板にクッキングシートを敷き、トマトの器と蓋を並べる。

「ここに混ぜた肉ダネを四分の一くらい入れてくれ」

「わかった」

セラムにスプーンで肉ダネを詰めてもらうと、そのままオーブンで加熱。

トマト煮を煮込みながら、十五分ほど経過すると一度オーブンから取り出す。

「完成か!?」

「いや、まだだ。ここからさらにチーズを盛り付けて加熱する」

「ここからチーズで追い打ちだと!? そんな絶対に美味しいではないか!」

セラムが驚愕する中、加熱された肉の上にパラパラとチーズを載せると、再びオーブンで十分ほど加熱させる。

トマト煮の方はセラムがかき混ぜて面倒を見てくれているので、ファルシが出来上がるまでにトマトの玉子炒め、マリネなんかを作っておく。

そうやって暇つぶしがてらにおかずを作っていると、オーブンがチンッと音を立てた。

オーブンを開けると、ぐつぐつと音を立てたトマトのファルシが出てきた。

濃厚なチーズの香りが台所に充満する。

それと同時にトマト煮の方もとろみが出てきて十分に煮込まれた。

それぞれのおかずを食器に盛り付けると、俺とセラムはいそいそと食卓へ移動した。

テーブルには鶏のトマト煮、トマトのファルシ、トマトの玉子炒め、トマトのマリネとトマト尽くしだ。

「……こうやって眺めると、結構な量を作ってしまったな」

つい暇を持て余したせいで、調子に乗って作りすぎてしまった。ちゃんと食べきれるのだろうか？

「大丈夫だ！　ジン殿が食べられなくても、私が全部食べる！」

すっかりと腹ペコな女騎士は食卓に並べられた料理を見て、鼻息を荒くしながら言った。

今日は収穫作業と納品で忙しかったために昼食はかなり少なめだった。

そのせいでいつもよりお腹が空いているらしい。

とはいえ、それは俺も同じ気持ちだ。だから、食欲が暴走して作りすぎてしまったのだろうな。

「今日の主食はご飯の代わりにパンだ」

「おお！　いい匂いだ！」

手を合わせると、セラムは早速とパンに手を伸ばした。

温められたパンを手で千切ると、その柔らかさに驚愕し、それからゆっくりと口に含んだ。

「どうだ？　こっちの世界のパンは口に合うか？」

「パンがとてもふわふわだ！　こんなに柔らかく、小麦の風味が豊かなものは初めてだ！きっと、王侯貴族でもこのようなパンは食べたことがないだろう」

興奮した様子でセラムが感想を漏らす。

どうやら大変満足できる味だったらしい。

スーパーやコンビニでも売っているどこにでもあるパンという事実が申し訳なくなる。

もうちょっとしっかりとしたパン屋に連れて行ってあげた方がよかっただろうか？　まあ、今は普通のパンで満足しているようなので、そちらはおいおいでいいだろう。

「さて、パンを味わうのはほどほどにしておいて鶏のトマト煮を食べさせてもらおう」

しばらくパンを食べていたセラムが、トマト煮をスプーンですくって口に運んだ。

「美味い！　トマトの甘みと酸味が鶏肉やタマネギといった他の具材に染み込んでいるな！」

「ああ、コクもちゃんと出ていて美味しいな」

トマトの成分のお陰で鶏モモ肉がかなり柔らかくなっている。嚙むと肉汁と共にトマトの酸味と甘みを一気に吐き出してくれる。タマネギもシャキシャキとした食感を残しながらも柔らかくて甘い。

バターロールと一緒に食べると、これまた合う。

今回の献立はかなり洋風なためにさすがにご飯との相性は悪い。思い切って主食をパンにして正解だったな。

主食は米派なのだが、たまにはパンを主食にした献立も悪くはない。

トマト煮を味わうと、次はトマトのファルシに手をつける。

ナイフで半分に切ると、中から肉汁やトマトの汁が一気に漏れ出た。

食べやすい大きさに切り分けて口に運ぶ。

オーブンで加熱されたトマトは旨みを増しており、ひときわトマトの存在感を肥大化させていた。

タマネギの混ざった肉との相性も非常に良く、そこに濃厚なチーズが絡みついてくるときた。

これで美味しくないはずがない。

口にした俺とセラムは思わず無言になってしまうほどだった。

箸休めとしてトマトのマリネを食べて、口の中をさっぱりさせると、安定の美味しさを誇る玉子炒めを食べてほっこりとする。

そんな風に食べ進めていると、俺はあっという間にお腹が満杯になった。

しかし、セラムは食欲を衰えさせることなく食べ進めていた。

あの細い身体のどこに収まっているのやら。

なんて不思議に思いながら食べっぷりのいいセラムの様子を俺は眺めた。

25話 私有地

「……ジン殿、これはなんだ？」

仕事を終えて洗面台で手を洗っていると、セラムが尋ねてきた。

洗面室兼、脱衣所の床に設置されているのは体重計だ。

「その上に乗ってみるとわかる」

「この上にか？」

投げやりに言うと、セラムは素直に体重計に乗った。

「む？　なんか数字が出てきたぞ」

「それがセラムの体重だ」

「は？」

「ふむふむ、ろくじゅ――ぐえっ!?」

体重計を覗き込んで数値を口に出そうとしたら、セラムが首を絞めてきた。

「ジン殿、これでも私は乙女の端くれだ。さすがにこのような仕打ちは酷いと思うのだが……？」

「す、すまん！　悪かった！　もうしないから！」

慌てて腕を叩きながら謝罪すると、セラムは何とか解放してくれた。

なんか頬の辺りに柔らかいものが当たっていた気がするが、万力のような腕に締め付けられていたので全く実感がなかったな。

「にしても、人の体重を暴くとは何と非情な道具なのだ。世の女性のために、これは壊しておくべきではないか？」

「いや、健康管理のために必要だからやめてくれ」

割とガチめな殺意を迸《ほとばし》らせているセラムを何とか宥める。

体重計に罪はないので壊さないでほしい。

最近買ったばかりの高性能なものなので高いのだ。

色々と出費が多いので、体重計の買い直しは懐に響く。

「こっちの世界にやってきて体調に変化とかはないか？」

「特にない。むしろ、以前よりも食生活がいいお陰か身体の調子は良いと思う」

「そうか」

セラムの返答を聞いて安心した。こちらにやってきて同居するようになって、調子が悪くなっているとかになれば申し訳ないからな。

「ただ――いや、何でもない……」

何かを言おうと口を開けたセラムだったが、すぐにそれは閉じられた。

「そこで切らないでくれよ。気になるだろう？」

「ジン殿に言うほどのことではないんだ」

「いやいや、寝食を保証するって言ったんだ。体調に変化があれば、ちゃんと言ってくれないと困る」

ここで変に遠慮されて、後々影響が出るとかいうのが一番困る。

なんだかんだとセラムはうちの貴重な戦力なのだ。セラムがいるかいないかで仕事の効率も変わってしまう。なにか困っていることがあるなら、ちゃんと口にしてほしい。

真剣な眼差しを向けると、セラムは視線をそらしながらボソリと言った。

「……ここにやってきてから太った気がする」

「そ、そうか」

正直、拍子抜けという言葉がしっくりくるが、それを口にしてしまえばセラムが烈火のごとく怒るのは想像できた。

「ジン殿の作る料理が美味しいのがイケない！」

「ええ？　俺のせいなのか!?」

「あと、ミノリ殿、シゲル殿、カイト殿が会う度に美味しいお菓子をくれるのもイケないのだ！　そんなの食べてしまうだろう！　こっちの世界の食べ物はどれもこれも美味しすぎる！」

涙目になりながら叫ぶセラム。

ああー、こっちの食材のことを知らないセラムは、何を食べても美味しそうに食べてくれる。

そんな光景を見るのが好きで、この辺りの住民は何かとセラムに餌付けをするのだ。

畑仕事をしているとはいえ、それだけ大量に料理やらお菓子を食べていれば太るに決まっているか。

「じゃあ、しばらくお菓子を食べないっていうのはどうだ？」

「やめてくれ！　お菓子を食べるのは最近の楽しみなのだ！」

比較的やりやすい食事制限を提案すると、セラムは信じられないとばかりの顔になった。

お菓子が楽しみって子供か……。

「じゃあ、飯を減らす」

「農業は重労働だ。食事を減らしては満足なパフォーマンスが発揮できない」

お手伝いの分際でわかったような口を叩くのが、ちょっと腹立たしい。

まあ、今の季節はただでさえ厳しい。急に食事を減らして倒れては元も子もないか。

「食事制限が難しいなら身体を動かすしかないな」

「剣を振ってもいいか!?」

呟いた俺の声に反応して、セラムが顔を輝かせる。

「ダメに決まってるだろ」

「うう、剣を振っていた時は、体重が急激に増加するなどなかったのに……」

即座に否定すると、セラムが脱衣所の片隅で三角座りをしていじけだした。

「仕方ないだろ。ここじゃ剣を持つことさえダメなんだ。剣を振り回す姿なんて周りの人に見られたら――」

などと説教をしている途中で俺はふと気づく。

なら、絶対に人が来ないような場所ならどうだろうか？

「……いや、思いっきり振れる場所ならあるな」

「本当か!?」

「俺の持ってる山だ」

「おお！　そういえば、前にジン殿は山を所有していると言っていたな！」

「そこならセラムが剣を振っていても誰かに見られる心配はない」

「おお！」

「面積もかなり広いから魔法なんかを使って思いっきり走り回ることもできるんじゃないか？

セラムの運動不足や気晴らしに良いと思うんだがどうだ？」

「行く！　連れて行ってくれ！」

俺の問いにセラムは身体を前のめりにして頷いた。

俺の私有地となっている山は家の裏手側にある。

軽トラで十分ほど走らせると、ほどなくしてたどり着いた。

車が入れるところまで入り、これ以上はしんどくなるところで降りる。

「ここがジン殿の山か？」

「ああ、ここっていうよりこの辺り一帯だな」

「なっ!?」

俺の私有地となっている山をポンポンと指さしていくと、セラムがかなり驚いていた。

「一帯とはどこまでなのだ？」

「具体的にと言われると難しいな。とにかく、この辺り一帯だ」

「土地を所有しているというのに、そのように大雑把でいいのか？」

「都会と違って田舎では土地が余っているからな。住んでる人もおおらかだし、その辺は誰も気にしないな」

私有地の入り口や境界線になるところには、きちんと注意を促す看板があるので問題ないだろう。

「それじゃ、登るか」

「少し待ってくれ」

車にロックをかけて移動しようとしたところでセラムが待ったをかけた。

振り返ると、彼女は背嚢《はいのう》から甲冑を取り出して装備していた。

そんなものまで持ってきていたのか。

「今、着けるのか？」

「鎧を着けた状態で登る方がいい鍛錬になりそうだ」

「そ、そうか」

ここに来るまでは、甲冑を装備するのが当たり前だったようだしな。

ここまでくれば、誰もいないだろうし、甲冑を着けるくらいは構わないだろう。

「待たせた。問題ない」

ほどなくしてセラムは全身に甲冑を纏い、ヘルムから顔の部分だけを開けた。

出会った時と同じ異世界の女騎士スタイルだ。

セラムを連れて、山の傾斜を登っていく。

既にアスファルトなどという整備された道はなく、完全に野道。

後ろからはカッチャカチャと鎧が擦れ合う音が聞こえてくる。

ちらりと視線を後ろに向けると、西洋甲冑を纏った金髪の美女が付いてきている。

とてもシュールな光景だな。

ぬかるんだ地面や突き出ている根に足を取られないように気を付けながら移動。

重い鎧を着けているにもかかわらず、セラムはまったくそれを感じさせない動きで付いてくる。

足元の不安定な場所を歩くのも慣れている様子だし、しっかりと訓練していたのだろう。

二十分ほどそのまま進むと、開けた場所にやってきた。

「この辺までくれば、誰かが間違ってやってくることもないだろう」

「そ、そうか」

傾斜もほとんどない平地だ。周りには青々と生い茂った木々があり、動き回るにはちょうど良さそうだな。

ここにやってくるまでに地面を確認していたが、誰かが迷い込んだ様子もないし、野生動物の形跡もない。

まあ、セラムなら野生動物の一匹や二匹くらい問題なく追い払えるだろうがな。

「ジ、ジン殿……」

冷静に周囲を観察していると、セラムがソワソワとした様子で言う。

「剣を抜いてもいいぞ」

「ッ!!」

許可を出すと、セラムは鞘に収めている剣をゆっくりと抜いた。

それと共にセラムの表情が引き締まる。

この世界の常識や文化に振り回されるセラムの姿は頼りないが、剣を握った瞬間だけは異世界の女騎士としての凛々《りり》しさを見せる気がするな。

「……ジン殿、何か失礼なことを考えていないか？」

「気のせいだ」

剣を握ったことで直感が研ぎ澄まされているのだろうか。いつもより鋭いな。

「そうか。それはそうとして、そのように間近で見られると恥ずかしいのだが……」

「すまん。本物の騎士が、どんな風に素振りするのか興味があったんだがダメか？」

「……ダメではない」

観察したい意思を伝えると、セラムは恥ずかしそうにボソリと返答した。

少し離れたところに移動すると、セラムは気持ちを落ち着かせるように深呼吸。

気持ちは日常のものから稽古の方に切り替えたのだろう。

切れ長の瞳が細められ、セラムの纏う空気がスッと研ぎ澄まされていくのがわかった。

わずかに足幅を開くと、一撃、二撃、三撃と剣を振るう。

それは恐ろしいほどに自然な動きで、遠巻きに見ていたにもかかわらず動作の初動が見えなかった。

俺が驚きで目を見張る中、セラムは続けて剣を振るう。段々とその剣先は上がっていき、素人の俺では捉え切れない速さ。とても大きな剣を振っているとは思えない軽々しさ。

それでいながら剣の振りに一切淀《よど》みは感じられない。

薄暗い山の中で、いくつもの銀閃《ぎんせん》が煌《きら》めく。

とても綺麗で思わず目を奪われる光景だ。

彼女がこれまでの人生で積み上げてきたものが、剣の中に詰まっているように感じた。

きっと、あそこまで到達するのに並々ならぬ研鑽《けんさん》があったのだろうな。

セラムが剣を振る姿を、俺は遠目に眺め続けるのであった。

26話 イタリア風ひやむぎ

「すまない。随分と待たせてしまったな」

車の座席でうたた寝をしていると、窓がコンコンと叩かれた。

その音に目を覚ますと、窓の外にはセラムがいた。

先に下山して待機していたのだが、すっかり夕方になってしまったらしい。

「良い汗をかいたみたいだな？」

「ああ、ジン殿のお陰で久しぶりに思いっきり剣を振れた。気持ち良かった」

「そうか」

ヘルムから覗くセラムの表情は実に爽やかなものだった。

ここまでスッキリした顔を見せてくれると、わざわざ連れてきた甲斐《かい》があるものだ。

「それじゃあ、帰るか」

「ああ」

セラムは装備していた甲冑を脱いで荷台に載せると、ラフなシャツ姿で助手席に乗った。

数時間も素振りをしていたせいか、セラムの身体は汗で濡れていた。

金色の髪が肌に張り付いており、白いシャツからはところどころ素肌が見えている。

極めて危険なのは胸元でくっきりと透けている下着だ。

ただでさえ汗で張り付いてぴっちりとしているのにシートベルトがかかることで、より谷間が強調されていた。

なんだか裸を見るよりも倒錯的な光景な気がする。

「……セラム」

「なんだ、ジン殿？」

「ジャージがあるなら羽織った方がいい」

「なぜだ？　今は運動の後で暑いのだが――」

指摘を受けて不可解といった顔をしていたセラムだが、視線が胸元に落ちることで状況に気づいたようだ。

頬を真っ赤に染めると、俊敏な動きですぐに荷台にあるジャージを着て戻ってきた。

「す、すまない！　見苦しいものを見せてしまった」

いや、そんなことはないが……と言いそうになるが、何を言ってもフォローにならないしセクハラにしかならない気がするのでヘタに答えるのをやめた。

「それじゃあ、家に帰るぞ」

「そ、そうだな。よろしく頼む」

今の出来事をなかったことにするかのように明るい声を発し、セラムもそれに乗るかのように元気な声を上げた。

ちょっと気まずい空気になりながらも軽トラを走らせ家に帰る。

家にたどり着くなりセラムは与えられた寝室にこもった。

多分、汗を拭ってシャツを着替えているのだろうな。

その間に俺は湯船を洗って、お湯を沸かしておく。

リビングに戻って冷蔵庫から冷たい麦茶のピッチャーを取り出す。

氷の入ったグラスに注ぐと、それを一気にあおる。

「ぷはあー、やっぱり夏は冷たい麦茶だな」

炭酸やジュースもいいが、なんだかんだ一番麦茶が美味しい気がするな。

二杯目の麦茶を注いでいるとセラムがやってきた。

汗ばんでいたシャツなどはすっかりと着替えられており、下着が透けるようなことはなかった。そのことに一安心しながらセラムの分の麦茶も用意して渡す。

「お湯の用意はしてあるから先に風呂入っていいぞ」

「ありがとう、ジン殿。では、これを飲んでから入らせてもらおう」

セラムは一息で麦茶を飲み干すと、コトリとテーブルにグラスを置いて脱衣所の方に歩いていった。

「さて、夕食の用意でもするか……」

窓の外は既に薄闇に覆われている。

セラムが湯船から上がるのを待っていては夕食が遅くなってしまうだろう。

というわけで、今日は一人で夕食の用意を進めてしまうことにする。

使う材料は昨日収穫したばかりのトマトだ。

こちらがまだ余っているので早急に使い切らなければいけないのだ。

とはいえ、今日は一人なので凝った料理を作るのも面倒だ。

時間も遅いことだし軽めにサラッと食べてしまいたい。

「なあ、セラム。夕食は――」

思わず振り向いて声をかけるが、隣には誰もいなかった。

「そりゃ、そうだ。風呂に入ってるんだもんな」

ここ最近、ずっと一緒に料理をしていたので、つい癖で聞いてしまった。

そう思った瞬間、自分の日常にセラムがいることを当たり前と捉えていることに気づいて動揺した。

今まではずっと一人で、それをまったく違和感に思うことはなかったんだがな。

長いこと誰かと共同生活なんてしていなかったので感覚がおかしくなっているのかもしれない。

なんて自分を分析しながら棚を漁っていると、お中元で届いたひやむぎが目についた。

「よし、イタリア風ひやむぎにしよう」

こちらもいつまで経っても減る様子を見せないので、使える時に使っていかないとな。

俺は鍋を二つ用意すると、コンロに火を点けてお湯を沸かす。

水が沸騰するまでの間に、トマトを輪切りにして、タマネギはみじん切りにする。

輪切りにしたトマトを耐熱容器に並べると、その上にタマネギを散らし、オーブントースターで加熱する。あとでチーズかけて再加熱すると、焼きトマトサラダの出来上がりだ。

さすがに夕食が一品だけしかないっていうのも寂しいので、急遽《きゅうきょ》作ることにしたおかずだ。

そんなこんなしていると、鍋の水が沸騰してきた一つの鍋でトマトをくぐらせ、もう一つの鍋でひやむぎを茹でることにした。

トマトは皮を柔らかくしたいだけなので、くぐらせる程度で十分だ。

すぐにすくい上げると皮が柔らかくなってくれたので手で剝いてやる。

皮を剝いて柔らかくなったトマトを包丁で食べやすい大きさにカットしておく。

この間の素麵と同じようにひやむぎも茹でると、お湯から取り出して冷水でしっかりと締めて水気を取り除く。

平皿にひやむぎを盛り付けるとカットしたトマトを載せて、オリーブオイル、醬油《しょうゆ》、胡椒、ニンニクを配合したソースをかけ、その上に油の切った缶詰のシーチキン、千切りにしたバジルを散らせば完成だ。

ひやむぎが出来上がるのと同時にオーブントースターがチンと音を鳴らしたので、チーズを散りばめて一分ほど加熱。

一分後にはとろりとしたチーズがかかった焼きトマトサラダの出来上がりだ。

食器をテーブルに運んでいると、ちょうど風呂から上がったセラムがやってきた。

「おっ、いいタイミングだな。ちょうど夕食ができたぞ」

「ジン殿に任せっきりになってしまったな。すまない」

「気にするな。俺が早く食べたくて作っただけだからな」

律儀にぺこりと頭を下げながらもセラムは座布団の上に腰を下ろし、俺も対面に座った。

「今日の夕食はイタリア風ひやむぎと焼きトマトのサラダだ」

「む？　ひやむぎ？　これは素麺ではないのか？」

献立を軽く説明すると、セラムが首を傾げた。

「素麺っちゃ素麺だが、厳密に言うとひやむぎなんだ。素麺との違いは麺の太さだな」

「おお、本当だ！　この間、食べたものよりも麺が太いな！」

麺の違いに気づいたのか凝視していたセラムが驚きの声を上げた。

「となると、素麺は他にも麺の細さに違いがあるのか？」

「ああ、一般的に細ければ細いほど美味しくて高級品とされている。流し素麺で食べた素麺は意外といいやつなんだぞ？」

「そうだったのか。知らなかった」

素麺には七つの等級があり、お中元なんかで贈られるものは上から二番目の特級だ。

その上には三神といって、組合の中でもごく一部の職人しか作ることができず、一部の期間でしか作ることのできない希少品なのだが、そのようなうんちくを垂れても仕方がないだろう。

「さて、説明はほどほどにして食べるとするか」

会話を切り上げると、俺とセラムは手を合わせて食べることにした。

セラムは器用に箸で麺を持ち上げると、ちゅるちゅると麺をすすった。

最初は箸でうどんを摑むこともできなかったし、すすることもできなかったのに随分と慣れたものだな。

「実際に食べてみると太さの違いがよくわかるな！　こっちの方が麺がしっかりとしていて食べ応えがある！」

セラムが感想を漏らすのをしり目に俺も食べてみる。

やや太めな麺がイタリア風ソースとよく絡んでいた。酸味と柔らかな甘みを生み出すトマトやシーチキンとの相性もばっちりだ。散りばめたバジルがふんわりと効いている。

「ああ、美味しいな」

つるつると弾むような麺の弾力は細い麺では出せないものだな。

うどんでもなく、素麺でもない、ひやむぎ。

中途半端な麺と言われがちだが、俺はこのちょうどいい太さが嫌いじゃない。

「ジン殿、お代わりをいただきたいのだがいいだろうか？」

焼きトマトのサラダをつまんでいると、セラムがコトリと空いた皿を置きながら言った。

「食べ終わるの早いな！　というか、まだ食べるのか？」

「久しぶりに全力で身体を動かしたからかお腹が空いて仕方がないのだ」

「……体重を落とすために運動したんじゃないのか？」

もう夜だ。あとは寝るだけなのでお腹いっぱい食べる必要はないんじゃないだろうか。

「…………だ、大丈夫だ。これからも定期的に運動する。だから、お代わりを頼みたい」

「そ、そうか」

セラムは悩んだ末にお代わりを所望したので、俺は追加で麺を茹でてやることにした。

結局、セラムは夕食だけでひやむぎを六束も食べてしまい、翌朝の体重は増える結果となってしまった。

あとがき

本書をお手にとっていただきありがとうございます。錬金王《れんきんおう》です。

はじめましての方も、そうでない方もこれを機会に覚えてくださると幸いです。

『田んぼで拾った女騎士』の書籍はいかがでしたでしょうか？

本作品は田んぼで拾った女騎士と田舎で農業生活をするという非常にシンプルな物語です。

異世界から女騎士がやってきますが、それをきっかけに異世界からモンスターが襲来し、主人公である三田仁《みたじん》とセラムは戦いに身を投じることに——という展開にはならず、ただひたすらに女騎士と農業をしたり、ご飯を作ったり、一緒に食べたり、外で遊んだりとまったりとしてお話が続いていきます。

激しいバトルや血なまぐさい展開にはならないと思いますのでご安心ください。

小説家になろうなどで数多《あまた》のスローライフ物語を書いてきましたが、現代×少しファンタジーでスローライフ系を書くのは初めてだったのでとても楽しく書かせていただきました。

普段はよく異世界系の作品を書いているのですが、現実を舞台とした作品を書けるのはいいですね。

なにせ現実にある食べ物を躊躇《ちゅうちょ》なく登場させることができるので、今まで安易に書くことのできなかった食べ物やお菓子、飲み物、玩具などを思う存分に描くことができます。異世界系に慣れていた私にとって新鮮でした。

尚、本作品の舞台は現実にも存在しますが、全てを忠実に描写しているわけではないです。

もし、本書やウェブを確認して舞台がわかった人がいれば、相当すごいと思います。

皆さんは、夏といえば何を思い浮かべるでしょうか？

海、蝉《せみ》、浴衣、夏休み、夜空、ラムネ、スイカ……色々とあるかと思います。

私は田舎出身だったので夏といえば、思い浮かぶのは真っ青な空に緑豊かな田園風景でした。

ご時世的に帰省するのが難しくなった私は、帰省できない代わりに夏っぽい田舎の物語が書きたくなり、こうして作品を考えた次第です。

人は成長していくと様々なことで忙しくなり、余裕を失ってしまうものです。

しかし、ずっと走り続けていると疲れてしまいます。

たまにはホッと一息ついて身体《からだ》だけでなく、心も休める必要があります。

本作品が皆さんのちょっとした一息の一助になれば幸いです。

本作品は既にコミカライズがマガジンポケットにて連載中です。

仁やセラフィムたちのゆるりとした日常を是非そちらでも楽しんでいただければと思います。

それではまた書籍の2巻やコミカライズの方で会えることを願っています。

錬金王

2023年夏ごろ発売予定!
田んぼで拾った女騎士、田舎で俺の嫁だと思われている2
氷
たばこ
ソース
カツ
アイスクリーム
アイスクリーム

電撃の新文芸

田《た》んぼで拾《ひろ》った女《おんな》騎《き》士《し》、田舎《いなか》で俺《おれ》の嫁《よめ》だと思《おも》われている

著者／錬《れん》金《きん》王《おう》
イラスト／柴《しば》乃《の》櫂《かい》人《と》

2023年2月17日　初版発行

発行者／山下直久
発行／株式会社ＫＡＤＯＫＡＷＡ
〒102-8177　東京都千代田区富士見2-13-3
0570-002-301（ナビダイヤル）
印刷／図書印刷株式会社
製本／図書印刷株式会社

【初出】

本書は、「小説家になろう」に掲載された『田んぼで拾った女騎士、田舎で俺の嫁だと思われている』を加筆、訂正したものです。
※「小説家になろう」は株式会社ヒナプロジェクトの登録商標です。

ISBN978-4-04-914574-8　C0093　Printed in Japan

ファンレターあて先
〒102-8177
東京都千代田区富士見2-13-3
電撃の新文芸編集部
「錬金王先生」係
「柴乃櫂人先生」係

Unnamed Memory Ⅰ

青き月の魔女と呪われし王

著／古宮九時
イラスト／chibi

読者を熱狂させ続ける
伝説的webノベル、
ついに待望の書籍化!

「俺の望みはお前を妻にして、子を産んでもらうことだ」
「受け付けられません！」
　永い時を生き、絶大な力で災厄を呼ぶ異端——魔女。強国ファルサスの王太子・オスカーは、幼い頃に受けた『子孫を残せない呪い』を解呪するため、世界最強と名高い魔女・ティナーシャのもとを訪れる。“魔女の塔”の試練を乗り越えて契約者となったオスカーだが、彼が望んだのはティナーシャを妻として迎えることで……。

電撃の新文芸

勇者刑に処す

懲罰勇者9004隊刑務記録

世界は、最強の《極悪勇者》どもに託された。絶望を蹴散らす傑作アクションファンタジー！

勇者刑とは、もっとも重大な刑罰である。大罪を犯し勇者刑に処された者は、勇者としての罰を与えられる。罰とは、突如として魔王軍を発生させる魔王現象の最前線で、魔物に殺されようとも蘇生され戦い続けなければならないというもの。数百年戦いを止めぬ狂戦士、史上最悪のコソ泥、自称・国王のテロリスト、成功率ゼロの暗殺者など、全員が性格破綻者で構成される懲罰勇者部隊。彼らのリーダーであり、《女神殺し》の罪で自身も勇者刑に処された元聖騎士団長のザイロ・フォルバーツは、戦の最中に今まで存在を隠されていた《剣の女神》テオリッタと出会い――。二人が契約を交わすとき、絶望に覆われた世界を変える儚くも熾烈な英雄の物語が幕を開ける。

著／ロケット商会
イラスト／めふぃすと

電撃の新文芸

異修羅Ⅰ

新魔王戦争

全員が最強、全員が英雄、
一人だけが勇者。“本物”を決める
激闘が今、幕を開ける——。

　魔王が殺された後の世界。そこには魔王さえも殺しうる修羅達が残った。一目で相手の殺し方を見出す異世界の剣豪、音すら置き去りにする神速の槍兵、伝説の武器を三本の腕で同時に扱う鳥竜の冒険者、一言で全てを実現する全能の詞術士、不可知でありながら即死を司る天使の暗殺者……。ありとあらゆる種族、能力の頂点を極めた修羅達はさらなる強敵を、“本物の勇者”という栄光を求め、新たな闘争の火種を生みだす。

著／珪素
イラスト／クレタ

リビルドワールドI〈上〉

誘う亡霊

電撃《新文芸》スタートアップコンテスト《大賞》受賞作！
科学文明の崩壊後、再構築《リビルド》された世界で巻き起こる
壮大で痛快なハンター稼業録！

旧文明の遺産を求め、数多の遺跡にハンターがひしめき合う世界。新米ハンターのアキラは、スラム街から成り上がるため命賭けで足を踏み入れた旧世界の遺跡で、全裸でたたずむ謎の美女《アルファ》と出会う。彼女はアキラに力を貸す代わりに、ある遺跡を極秘に攻略する依頼を持ちかけてきて――!?

二人の契約が成立したその時から、アキラとアルファの数奇なハンター稼業が幕を開ける！

著／ナフセ
イラスト／吟
世界観イラスト／わいっしゅ
メカニックデザイン／cell

電撃の新文芸

森に生きる者
～貴族じゃなくなったので自由に生きます。莫大な魔力があるから森の中でも安全快適です～

相棒の聖魔狐《セントフォックス》と共にたくさんの美食を味わいながら、快適なスローライフを追い求める！

　魔法の才能を持ちながらも、「剣に向かない体つきが不満」と王女から突如婚約を破棄され、貴族の身分も失ってしまった青年・アル。これまで抑圧されてきた彼はそれを好機と思い、相棒の聖魔狐・ブランと共に旅に出る。彼らの目標はなるべく人に関わらず快適な生活を送ること！　たくさんの美食を味わいながら、面倒見の良い一人と食い意地のはった一匹は、自由気ままな快適スローライフを満喫する。

著／ゆるり
イラスト／ひげ猫

電撃の新文芸

物語の黒幕に転生して

～進化する魔剣とゲーム知識ですべてをねじ伏せる～

超人気Webファンタジー小説が、
ついに書籍化！
これぞ、異世界物語の完成形！

世界的な人気を誇るゲーム『七英雄の伝説』。その続編を世界最速でクリアした大学生・蓮は、ゲームの中に赤ん坊として転生してしまう。赤ん坊の名は、レン・アシュトン。物語の途中で主人公たちを裏切り、世界を絶望の底に突き落とす、謎の強者だった。驚いた蓮は、ひっそりと辺境で暮らすことを心に決めるが、ゲームで自分が命を奪うはずの聖女に出会い懐かれ、思いもよらぬ数奇な運命へと導かれていくことになる――。

著／結城涼
イラスト／なかむら